塞上文艺名家书系

癸巳冬 郝秋平

秦中吟诗文选

秦中吟 著

阳光出版社
黄河出版传媒集团

图书在版编目(CIP)数据

秦中吟诗文选 / 秦中吟著. -- 银川 : 阳光出版社, 2020.10

（塞上文艺名家书系）

ISBN 978-7-5525-5673-5

Ⅰ. ①秦… Ⅱ. ①秦… Ⅲ. ①中国文学 - 当代文学 - 作品综合集 Ⅳ. ①I217.2

中国版本图书馆 CIP 数据核字(2020)第 214741 号

塞上文艺名家书系　秦中吟诗文选　　秦中吟　著

责任编辑　申　佳
封面设计　赵　倩
责任印制　岳建宁

黄河出版传媒集团
阳光出版社　出版发行

出 版 人　薛文斌
地　　址　宁夏银川市北京东路 139 号出版大厦（750001）
网　　址　http://www.ygchbs.com
网上书店　http://shop129132959.taobao.com
电子信箱　yangguangchubanshe@163.com
邮购电话　0951-5014139
经　　销　全国新华书店
印刷装订　宁夏凤鸣彩印广告有限公司
印刷委托书号　（宁）0018973

开　本　787 mm × 1092 mm　1/16
印　张　10.25
字　数　160 千字
版　次　2020 年 10 月第 1 版
印　次　2020 年 11 月第 1 次印刷
书　号　ISBN 978-7-5525-5673-5
定　价　58.00 元

总序

塞上江南，文艺沃壤

崔晓华

宁夏地处祖国西北，历史悠久，文化灿烂。南有六盘山，是古丝绸之路的必经之地，是黄土高原上的绿色明珠；北有贺兰山，是蜿蜒五百里的驳马，是父亲一般伟岸的天然屏障，阻挡着来自西伯利亚的寒流和风沙；黄河经秦渠流向宁夏平原，是母亲一样的哺育润泽，将荒地旱原变成美丽的塞上江南。“陇头流水，鸣声呜咽”“蝉鸣桑树间，八月萧关道”“大漠孤烟直，长河落日圆”“贺兰山下果园成，塞北江南旧有名”等，这些中国古代诗人留在塞上大地的名篇佳句，至今仍在流传。

正是春秋短暂、夏冬漫长、半湿润半干旱的气候特征，正是山川河湖、黄土高原、丘陵戈壁、草原沙漠的地理风貌，正是游牧文化和农耕文化的互相交流和融合，尤其是驻军戍边、移民屯垦，守望相助、建设美好家园的艰苦奋斗精神的传承与发扬，塑造和蕴蓄了雄浑与秀丽、阳刚与优雅、豪放与婉约交织的多样性自然景观和丰富的文化矿脉。宁夏文艺家得益于这片土地的孕育、滋养和成就，以其朴实的生活经历和历史记忆，独特的生命感悟和言说方式，形成了纯正、质朴、安静的文学艺术品格，在全国的文艺版图上独具一格，引人瞩目。

“文变染乎世情，兴废系乎时序。”宁夏回族自治区成立六十周年以来，宁夏发生了翻天覆地的变化，人民群众生活日新月异、欣欣向荣。宁夏文艺事业伴随着自治区的不断发展繁荣，走进新时代，踏上新征程，广大文艺工作者以更加饱满的热情，积极投身于实现“两个一百年”奋斗目标、实现中华民族伟大复兴中国梦与实干兴宁的火热实践，将文学艺术之根扎进这片沃壤，坚持以人民为中心的导向，创作了大量思想性、艺术性和可读性俱佳的优秀作品。

为肯定宁夏前辈作家的文学成就，2006 年 10 月，由宁夏文学艺术界联合会（以下简称宁夏文联）编辑的《石天剧作选》《李震杰诗文选》，以“霜叶红丛书”的形式由宁夏人民出版社出版发行，得到了文艺界的好评。为弘扬“爱国、为民、崇德、尚艺”的文艺界核心价值观，秉承文联传统，服务文艺名家，汇集优秀作品，树立学习典范，宁夏文联于 2014 年启动“塞上文艺名家书系”工程，为德高望重、成就突出、在全国有一定影响的宁夏文艺家，以及为宁夏文艺事业做出重要贡献的各个门类的领军人物，精选结集出版他们的代表性作品。第一辑《肖川诗选》《冯剑华文选》，第二辑《路展童话选》《吴淮生诗文选》《张贤亮诗词选》，第三辑《曾杏绯国画选》《高嵩文艺评论选》《马知遥文画选》，第四辑《荆竹文艺论评选》《杨继国·朔方文札》，第五辑《余光慧文学作品选》《哈若蕙作品选》共 12 部。这些作品选集的出版，已经产生广泛影响，并进入高校人文学科研究序列，社会效益显著。此次编辑出版《秦中吟诗文选》《张武小说选》，是这个书系的继承和延续。

诗人秦中吟和作家张武都是 20 世纪 30 年代生人。他们虽然已经离世，但为我们留下了珍贵的精神财富。秦中吟创作了大量的诗词和评论，是新边塞诗的倡导者，是宁夏诗词界的领军人物。张武出版小说集和散文集十部，赢得了广大读者的喜爱，是宁夏 20 世纪乡土作家的代表，也是宁夏 20 世纪小说创作的领军人物之一。编辑出版这两位作家的精选作品集，是很有意义的，同样会对宁夏文艺的繁荣产生积极影响和作用。

党的十九届四中全会深刻指出，发展社会主义先进文化、广泛凝聚人民精神力量，是国家治理体系和治理能力现代化的深厚支撑。会议进一步强调，必须坚定文化自信，牢牢把握社会主义先进文化前进方向。处在一个新的时间节点，“塞上文艺名家书系”工程进入重要的机遇期。宁夏文联对此给予高度重视，具体由文学艺术院负责实施。期望文学艺术院不忘初心，牢记使命，更加坚定文化自信，更加坚持服务人民，更加坚守艺术理想，共同谱写“建设美丽新宁夏，共圆伟大中国梦”的新篇章；努力发掘抢救文艺精品，做好资料搜集、编辑校对、设计印刷等各项具体而细致的工作，真正树立和强化品牌意识，拿得出，立得住，叫得响，走得远，不负这个伟大的时代，为广大人民群众提供更多更好的精品力作，使这项工程取得更加显著的社会效益，成为宁夏文艺事业兴盛繁荣的新亮点、宣传宁夏文化建设的重要窗口。

是为序。

2020 年 9 月 15 日

崔晓华 宁夏文联原党组书记、副主席。

目 录
CONTENTS

现代诗

古体诗词

评　论

现代诗

致黄土诗人

一

那遥远的地平线上，
升起袅袅炊烟，
白云般轻柔纯洁，
匹练般银光闪闪。
啊，炊烟啊炊烟，
系着我久远的眷恋，
是帐篷前姑娘的纱巾，
远远地向我深情祝愿。

我明净的心灵上，
飘动着袅袅炊烟，
狂风不能将它吹灭
沙暴难以把它打散
啊，炊烟啊炊烟，
系着我深沉的思念，
愿你飘到姑娘帐篷前，
深深地祝她快乐康健。

二

没有耀眼的旗号，动听的宣言
不着时髦服装，也不刻意打扮
不论衣冠取人的评论家
怎样看待你们，你们只管
唱自己心灵的歌，你们的歌
植根于浑厚的黄土高原
高原是世界最宽广的地平线

开阔的视野有万千气象
有辉煌日出，云遮霞蔚奇观
从不被喧嚣的色彩诱惑
也不含卑微的尘埃杂念
向世界袒露真诚的心灵
是善于吸收文明的海绵
因而你们的诗才如同
雄鹰羽毛丰满、骏马膘壮体健
你们的诗不是超尘离世的梦呓
也不是游闲儿满意的佐餐
它属于现实、人间烟火、油盐柴米
是拓荒者的可口可乐、家常便饭

是从神农氏的脚踪、女娲的指尖
流出的清澈见底的甘泉
从中华民族骄傲的黄皮肤
从《回延安》《创业史》《人生》的画面
从责任田金色的谷粒、黄元帅
我读到它们：浑厚、质朴、自然
是成热、永恒的美学
是现代狂吟者不可超越的标杆
虽然泥土芬芳的诗韵染绿高原
但你们却不用鲜花为自己编织桂冠
只用汗水向黄土诉说深情
因此黄土高原才乐将你的诗集出版
并让众口为之发行
乡风多远就流传多远
不论传到哪里，哪里就
新绿滴翠、春燕呢喃
任白眼投向你们——黄土诗人
我骄傲是你们之中的一员

乡路

家乡的道路弯弯，
送我到风雪边关。
啊，乡路啊乡路，
慈母手中的彩线，
沾满缕缕深情，
织出久远的思念。
将我赤子之心，
与祖国紧紧相连。

家乡的小路弯弯，
送我到地北天南。
啊，乡路啊乡路，
慈母手中的彩线，
沾满缕缕阳光，
织出我闪光的信念。
将我美丽的理想，
与明天紧紧相连！

土炕

是珍藏在土屋里的
黄土高原一方
是精心塑造的
高原的另一种形象

任岁月的风云涂抹
黄土本色依然辉煌
依旧像骄傲的黄皮肤
擦得铮亮的铜铃铛
使昨天的茅席今天的毡被
显得格外温暖鲜亮
钢丝床无法代替它的特异功能
依旧生产稻谷瓜香
生产甜甜的美梦
成熟的思想
黄土深情
质朴的向往
那热烘烘的土腥味
依旧是隔年的老酒一样

飘香的黄土

家乡的黄土是飘香的黄土，
香得正派，香得朴素，
哺育过灿烂的西夏文化，
哺育着勤劳的回汉民族。
我生下就匍匐在她身上，
如婴儿偎依母亲松软的胸脯。

虽然她煞白的盐碱苦涩呛人，
不止一次使我恶心呕吐。
芦草的尖叶刺疼我的童年，
记忆虽苦但我并不觉苦。
温馨气息暖着我的情丝，
父兄的汗水绘出希望的路。

虽然那掀天揭地的风沙，
一度使她草甸荒芜，
裸露于烈日之下，
默默忍受着出血的痛苦。
但我的心却贴她更紧，

像头牛甘愿与她忍辱负重。
我欣慰失去的只是幼稚的幻想，
收获的是她教给我的成熟。

如今我虽已步入中年，
但爱的神经并未麻木。
她解冻的芳香使我沉醉，
我却清醒地记得她的嘱咐。
她不要偎依要展翅奋飞，
要海洋般的抱负不尽的汗珠。

于是我便踏着她的香韵跑，
心随入海的黄河波涛起伏。
探索、寻求、跑遍五湖四海，
吻遍祖国处处飘香的泥土。
我因爱她才更爱祖国，
因爱祖国才爱她铭心刻骨。
纵然是跑到天涯海角，
心却被黏糊糊的香乳粘住。
铺展在黄河前套平原的黄土，
是沙枣花一样飘香的黄土。

窗花，姐妹创造的世界

不愿世世代代咀嚼
黄土高原风干的橘子皮
埋怨命运又主宰命运
从燕尾受到智慧的启迪

剪刀叮叮伴着轻哼的小曲
剪去世袭的寂寞、悠长的叹息
剪去高原世俗的观念
剪出想象中水乡的美丽

贴在窗纸的荧光屏上
窗户便有了彩电的魅力
四季美景更替展览
流着阳光的海子湖是主旋律
芦花柳絮是生活的音符
也是生命远播的种子

窗花美丽眼睛也很美丽
睫毛的芦苇湖泛起涟漪
乡风就从那里的青草之末吹起
温柔地吹过一个又一个世纪

姐妹们别出心裁创造的世界
不仅覆盖了高原的橘黄孤寂
也陶冶了代代高原人
爱美的情趣

因而，窗花才成为艺术奇葩
成为对春姑娘最好的献礼
才吸引那么多汗水给高原
高原才成了日渐成熟的柑橘

回归母语

昨天听着港澳腔
心情一半是忧伤
如同儿时骨肉分离
从此天各一方
归来时头已斑白
乡音扭曲得不成模样

总有一种陌生感觉
心与心似有隔墙
如同一种诗情的表达
还未找准完美的意象

在已回归或临近回归的日子
我听到了一种熟悉的铿锵
如同敲响喜锣甜美的京音
如同磨圆的珠玉震响
自然叙说回归祖国的喜悦
像游子对母亲倾诉衷肠

总有一种亲切的感觉
总有一种成熟的芬芳
心律和脉搏一起共振
仿佛长江黄河翻腾激浪

啊,这就是母语
这就是母语
一曲感人肺腑的中华合唱
祖国就在合唱中洗雪百年奇耻
昂首阔步走向辉煌

身在湖城

身在湖城
竟日如在水中游泳
感受如鱼一样欢喜

心与天光水色交融
习习爽风和盘旋鸥鹭
共与我畅抒豪情

不同于鱼的地方
是不欲去跳龙门
只期驾驭晶莹波涛
为塞上洗尘,也为自身洗尘
湖城的水洗亮了太阳
也洗亮云天、云影、星空
空气如马奶酒般新鲜
一身魅力引海市蜃楼在此定型

我的思绪因净洗而清醒
不忘缺水的日子大旱的乡村
干裂的大地如乡亲们的脸面
焦灼的眼神使我心疼

对此,我岂可乐而忘忧
一心力争上游勤敲水韵
呼唤游客爱水惜水
以芬芳乳汁反哺“三农”
哪怕只润湿一片墒气
使一片禾苗返青
浇出乡亲眼中一丝笑意
也乐得如鱼儿蹦蹦

远去的驼铃

驼铃远去了
羊留下叮咚的余韵
悠长的调子叩动记忆的心扇
面前走来拉骆驼的人

谁知他们走了多少路
老羊皮袄兜了多少天沙风

拉不尽穷荒人已疲惫不堪
皲了的手再也托不起沉重的缰绳
焦灼的目光如干涸的河床
渴望着水、绿风、新的生存

快打开门让他们进来
端出阳光智慧的圣水让他们痛饮
听他们讲述艰难跋涉
那些传奇故事都很动人
看他们坎坷中磨砺的经验
都是些可用的传统

传统曾经辉煌丝绸古道
锻造过无数坚韧的个性
虽然半已锈蚀
但质地仍铿锵有声
阳光擦洗会亮出本色
与机电交响会唤来钢铁轰鸣和鸟鸣
重要的是在生活喧腾的时刻
还会为人们敲响警钟

叮咚、叮咚、叮咚
远去的不绝于耳的余韵
声声叮咛不忘任重道远
珍重自身时也就渐入胜境

在西部，我与贺兰山一起跋涉

贺兰山是支雄壮的驼队
我是尾随它的一峰
一同跋涉于西部土地
起伏的山峰是生命的律动
跋涉是探索人生境界
与兰山同行就是与诗同行
同行的时间久了
也就有了山的豪情
坎坷磨出的脚力
踏出一路浩荡雄风

不知道多么遥远
几时才能步入诗国的大门
不断否定自己又超越自我
穿过黑夜总会迎来黎明
嚼进的苦涩都很甜蜜
走过的岁月气象峥嵘
一路反刍生命体验
深知探索才是真实而有价值的人生
因之才拒绝海市蜃楼的诱惑
对有无桂冠却漫不经心
走自己的路任别人评头论足
抖尽尘土感觉马奶酒般的清新

苦苦追求不知满头已如兰山雪白
年虽花甲但却更有精神
山的高度就是生命的高度
山的个性就是自己的个性
与山同行没有定格的时刻
执著的脚步总朝地平线描绘新景

秋菊

一场与风雨旷日持久的官司
从立秋打到霜降
辣子的性格

使风沙不敢猖狂
也令寒蝉无奈
只在苦吟哀伤

无暇去芥子园画谱访亲问友
也不愿到各式展厅亮相
打不赢官司也要讨回个说法
天不晴朗气不清爽
从松柏获得信心
从新月获得希望

顾不上擦粉涂脂梳妆打扮
一身剑佩英姿飒爽
官司打出的结果
是一轮圆满的太阳和月亮
笑得辉煌笑得可爱,秋菊
塞上高原泼泼辣辣的野姑娘

山魂

挺立于山岩之上
那棵棵苍翠挺拔的巨松
横空伸出枝叶的利剑
搅得周天寒彻云雾成为碎粉
高天压而不弯,浑身的力
都集中于粗壮的深根

如青筋暴露于紫色岩石
与石头拥抱得难舍难分
成为生命的化石
经历了无数次风沙蹂躏
硌碎了斧锯的獠牙
不断从土地吸取养分
随年轮增长枝叶青翠
细读史册我看到了山魂

沿着攀登者的脚步
飘然成为一种精神、雄风
召唤起驼铃、松涛、呼啸
使草木劲挺、石头灵动
磷火的目光追到了电光
阴云和暮色渐被消融

根深叶茂的青松翠柏
是山魂活生生的造型

突破

播种与拓路的早晨
也是历史攻坚的时刻
企业正突破困境
乡村在突破板结
思索者突破惰性陈腐
个性在突破自我
这时刻时间的弓弦绷得紧紧
意志的钻头使钢铁冒火
力的肌腱隆成座座山峰
骨节的嘎巴响声力穿钢铁
所有的智慧都在加油
所有的期待都充满焦灼
突破是对传统的决裂
是意志的考验、力的拼搏
是心与心撞击的能量释放
这时刻惊心动魄生命光芒四射

突破，也是对一切无所为
悲观主义的最后判决
坚持是打开缺口的唯一法宝
突破自身就是一种境界
缺口打开的时候
新世纪的曙光就把脚步引向广阔

志愿者之歌

志愿者，这是历史和社会
赋予这样一代青年人共同的命名

他们是体制以外的人
有正在学习母语的学生
自由职业者，所有
助人为乐的志士仁人
五千年文化哺育的雷锋弟妹
见义勇为是鲜明的个性

沿着先贤的脚印从时代的期盼中走来
高举乐善好施的旗帜一路铿锵足音
唱着理想之歌、义勇军进行曲
走进新世纪的早晨
如冉冉飞起的朝阳
成为东方地平线上的亮丽风景

他们来了
穿过大街肥胖的楼群
来到被挤扁的小巷
阴暗潮湿的家庭、工棚
扶弱势者挺直自信尊严
送孤寡老人挂号看病
扶残疾人安全穿过马路
为受屈者鸣冤、打抱不平
需要处他们是雨中伞、雪中炭
及时雨、顺时风

公共场合的卫士
环保和卫生的护工

处处献出真情实爱
虽不在编也无岗位工资、奖金
却像父兄尽职尽责不计报酬
虽然年轻，也有家庭
负担和使命双双挑在肩上
但心的天平上民忧更重
有志气和阳光就是富有
该报答的是祖国养育的深恩
红领巾抽扯到红旗下长大
卑微小草成了国家的主人
滴水之恩当以涌泉相报
能做的是向母亲献出爱心
一滴汗水洗一个生活亮点
为百废待业母亲抹去一丝愁云
他们的幸福感
如同致富路上柳绿花红

坎坷风雨只能教正脚步
汶川抗震救灾使他们登上生命高峰
与千万抢险大军一起
血火中铺路、魔口救生
废墟上重新建起家园
又连轴转动于北京奥运
以星星不缺勤的服务
为祖国赢得了举世赞颂
虽然没有亲眼看到难得的精彩

但幸福也如自己夺金揽银
自豪还在于与外国志愿者
结成了国际同盟
联手谱写下道德交响曲华彩乐章
把义务奉献提升到世界水平

归来至今的日子
紧绷的神经之弦仍未放松
任人民的呼唤
奏响生命新的声音
但调子依然未改
做了好事还是不留真实姓名

这就是志愿者的品格
志愿者，多么亲切响亮的姓名！
如同旱天的雷鸣响彻人间天上
永远回荡在民众心灵
成为永恒的记忆醒世恒言
教子孙学会怎样在大考中争取满分
怎样填报人生志愿
什么是无愧无悔的一生

伟大的志愿者
我向你们鞠躬致敬！
享受你们的奉献我生活幸福
虽然年纪已是夕阳黄昏
也愿加入你们的行列
力所能及的干些公益事情
如为环保交通安全站岗
帮未成年人指点迷津
让生活多些温馨生命充实
心爱的诗歌多些抒情内容

西部的太阳

一生安家塞北
太阳是我最近的亲人
每天早起引我上路
伴我挥汗跋涉人生征程
金质的足音不断叮嘱召唤
跟上来，一寸光阴一寸金

路因洒满阳光不觉坎坷
跟着太阳也不觉天气阴冷
太阳总是先行于我
用些金丝绳拉我前行
傍晚总坐在山头等我
走进她就进入黄昏

因沐浴夕阳心情气爽
这时太阳也有好的心情
切开云霞红瓤西瓜让我品尝
又满盛玫瑰酒让我痛饮
我由此感悟了人生的意味
最迷人的境界也最不醉人

家乡的太阳更没有醉的时刻
总是日复一日地领我爬格耕桃耘
爬过白天爬进黑夜
收获不断的总是光明
西部的太阳永世不落
只因被爱系得紧紧

高原印象

难怪挂绿披红的江南姑娘
目光总妩媚地望着西塞高原
这里是青春的健美场所
曾经刚强而豪放的男子汉
沉睡中醒来
浑身隆起劲的肌腱
躬身于地平线起跑线上
太阳为古铜色胸膛加油
结实的臂弓
直欲射出力与美的箭

为着对南国爱慕已久
丘比特的箭宁折不弯
以卫星与神舟的速度
向久积的贫困挑战
破千重山水万层云雾阻隔
令天狼也为之震撼

西部高原的崛起
磅礴阳刚之气浩然
南国姑娘飞天有了钢铁翅膀
祖国挺立于世也就坚强了腰板
从此也向世界
呈现出刚柔相济的诗篇

大漠中的折戟

历经沧桑巨变
久沉沙中的折戟终于露脸
虽是斑斑锈迹
但磨洗之后仍可看见
前朝卫国的一场战斗
官吏的腐败,将士的忠诚勇敢

骨埋黄沙魂在深深思索
也在期待着复出的一天
乍复出就铮铮骨响
可是英雄热血飞溅

磨洗中亮出光彩
啸声是请战的宣言
自不能锁在历史博物馆中
只供休闲者观瞻
而是要壮志凌云
力缚苍龙,拉生态回归自然

罗浮宫里忆敦煌

罗浮宫、很美
陈列的艺术品真棒
但总感觉缺少些什么
细思便想到东方的敦煌

敦煌是我家乡的明珠
中华文化的神圣殿堂
陈列的经史词曲尽为瑰宝
黄沙掩不住辐射的光芒
强盗的利爪也难以掠去
因古老而永恒散溢芬芳

以一种魅力使日月生辉

也使中国人黄土地的脸生光
引五湖四海涌来朝拜
我出国时讯报又有新花开放
当我回来的时刻
朝拜的热潮正汹涌激荡

蓝眼睛浪花更为急切
跋涉的疲劳都被扔得精光
因为都不是来观光猎奇
而是寻找能源。敦煌
就是不竭的油田
水也开采不尽的富矿

作为一名西部诗人
我来为着探美，摄取飞天意象
以屈原、李白、高岑等人的豪迈方式
组合成雄浑壮丽意境，感动上苍
揭开它神秘的面纱
看清真相也就吸取了能量

走向敦煌
也就走向太阳
反弹琵琶金质的声音
有太阳烤熟的芬芳
并于神韵为生命加油
飞天的裙裾令耳目清爽
花雨的圣水洗净灵魂沙尘
精神盛宴总为人加钢

于是想象展开羽翅
迎着新世纪奋力飞翔
云蒸霞蔚是精神升华
生命因敦煌辉煌而灿烂辉煌
但却不想飞入空门
只为人类精神家园站岗
风沙再大也不缺勤
心中的敦辉比罗浮宫更美更棒

罗马广场见闻

罗马的古迹很多
教堂、壁面、广场、雕塑也很多
但最美的景物
还是广场鸽

像神话中宝石般闪光的鸽子
温顺而又生动活泼
战火驱不走的精灵
见游人不避不躲
总在围着一位老人
用如豆目光深情诉说

老人是当年的反法西斯游击队员
沧桑化作满头白雪
人退休了心还未退
依然在为和平尽职尽责
每天都到广场来喂鸽子
多年站成一尊雕塑
像古罗马的大卫保卫放场
用鸽子的音符谱写和平之歌

读着广场的见闻
我明白了一个哲学
一个容不得鸽子的世界
空间再大也显得狭窄冷落

草化石

抚摸绿色的石头
和石头上毛茸茸的小草
我听到一首生命的歌
爱与历史的咏叹调

石头和草本是不同家族的成员
山和水却是他们其同的依靠
因此,他们才有了灵性、硬度
石头校角分明,草木挺直如刀
并且染绿了鸟声、天空
也染绿了梦和江河波涛

但是曾经燃烧的欲火
却使岁月蒙上了死灰色调
烧不烂的石头把草紧抱怀里
烧不死的草也把石头紧抱
石头与草的结合与涅槃
便是生命的飞跃与刻造

贺兰山睡美人

我呼吁开山的喇叭、号子
不要叫醒兰山沉睡的美人
大自然的神工鬼斧
为丑陋世界塑造的一尊女神
美丽的维纳斯
大佛般睡得多香多沉

睡在岁月征途骏马背上
任阳光和云雾不时轻吻
睡得那么安详美丽
仿佛是部展开的美学课本
生动的气韵随风飘逸
散入黄河卷起波涛汹涌

显然由于征途太长
抗击风沙已是筋疲力尽
不要惊动让她多睡会儿
美人睡着依旧清醒
是在思索身边的难题
也是在护卫小草娇花的好梦

睡是美的一种存在方式
美永远是不息的生命
兰山美人的睡相
也是在启迪人们
生活应该多姿多彩
多彩的人生才值得奉献终身

深山鸟语

走进深山老林里
心反而不觉孤寂
不怕风雪蔽日遮天
淹没人迹使亲友疏离
听深谷传来阵阵鸟鸣
如同置身于一次会议

鸟声千啼万啭
并不神秘,也不需要翻译
敞开心贴近它的时候

也就听懂了它的含义
是在百家争鸣
天籁中绝无霸权话语

是淙淙泉流没有污染
灌进心田就长出缤纷诗句
诗与鸟语交流
人与自然就融为一体
就会自然感悟
鸟语与人语原本是一个审美体系

音调一样抑扬顿挫
语词一样排列有序
共同表达的爱美心愿
都是生命美丽的歌曲
交响时总有雄风浩荡
石头也会勃发出生机
鸟语是穷荒压不烂的金粒
伴叮咚驼铃远播万里
以一种力穿越时空
召唤喧腾生活给人启迪
必须制止伐檀之声
失去鸟语的日子是多么死寂

面对荒凉

面对广袤又不茅的土地
我们世代用汗水耕耘着希望
收获是风雪擦亮的眼睛
发现了袒露于阳光的荒凉
竟是不尽的宝贵资源
以神秘雄浑启人遐想
想那些围垦成边者的白骨
高适岑参豪壮的诗行
阳刚之美激发了我的情绪
与诗同行只感到生活芬芳
不觉风沙吹打时的痛苦
烈日的烤晒使生命辉煌
白雪只能纯洁情感
忧患唯有土地焦黄
枝干的草木、啼血的鸟鸣
石滩上交烂嘴唇的牛羊
当大自然陷入孤独
我也被关进单人牢房

日夜都在思念改变命运
也就不愿离开穷困的家乡
这也许是人生的悲剧
但演出的日子却威武雄壮
灵魂的沙尘纷纷抖落
想象是丛生的草木、红高粱

当今开发的日子
我又忽生奇想
于其死守荒凉不如卖给科学艺术
让知识改变它旧有模样
让这家乡的土特产品
走俏充满生机的文明市场

骆驼草

沿着重新崛起的丝绸古道
机逐驼队叮咚远去
脱落的毛、汗水、金质的种子

一起被岁月育成骆驼草

骆驼草自有骆驼的品格
劲挺于荒原笑傲烈日沙暴
以一种坚韧不拔的精神
守护路线,期待与芳林接交
等待的日子死一样寂寞
一身铁色将时间熬成防腐良药
生命如同沙打旺旺盛
直把卑微挺成崇高
像骆驼从来没有沉醉的时刻
总把信念的旗举得高高

春蚕

像春风卷卷起的雪浪
一群南国姑娘
在复活节时跨过长江
从江南簇拥着来到塞上

不住城市的豪华宾馆
也不嫌山区荒凉
踏着清平乐的韵脚
直奔六盘山区陌上桑

软体隆起劲的肌腱
蠕动时总似龙头高昂
足音与阳光砸地的金声和鸣
成为一曲春之合唱

歌唱久违的黄土高原
曾是江南一样美的地方
老祖母织出过的丝绸之路
曾使自己的家族辉煌

曾经历史沧桑巨变
命运才把她们安排到南方
隔山隔水隔不断情丝
哪天不对故乡挂肚牵肠
开发西部时游子归来
不仅是向故乡倾诉衷肠
一口口咬碎狂暴风沙
为丝绸古道织着新的辉煌

那些玉亮雪白的茧子
是她们定居塞上的毡房
由于根子扎进高原
生命也就如雪莲开放

沙枣树

不着红装着武装
一身剑佩挺立于塞上
贴近家门为百姓站岗放哨
固守热土力驱风景暴沙狂
以生命之笔饱蘸太阳的颜色
描写生活的华彩乐章

初夏小米粒似金灿烂的花朵
开出辉煌的梦想
秋天让梦想结实丰满
颗颗都如金铸的铃铛
叮叮当当的声响逼退霜期
提醒犁铧及时开拓新荒

自以辉煌生命
辉煌了塞上的城乡
也辉煌了蜜蜂的金翅
和兰山清冷的月亮
岁岁注释着宁夏的含义
宁是安静,夏是华光

沙枣的春华秋实
都是边塞诗阳刚美意象
也辉煌了我的思路
我紧紧抓住组合成华章
歌唱沙枣花你就是歌唱光彩的生活
生命也在歌唱中成熟辉煌

底线

母爱的织锦千针万线
引我的个性自由发展
儿时任搬砖弄瓦太岁头上动土
成人时敢把条条框框砸烂
一生都在风口浪尖闯荡
唯道德的底线把言行紧拴

不许混淆是非荣辱
不许清白被墨汁污染
只许尊严的身子挺立
脚印端如光荣的祖先
有这条中轴线压底
我生命的轨迹才没有错乱

这条又粗又长的底线
与母亲的脐带和传统相连
从螺祖的机杼上抽出
千磨万折从来未曾间断
与阳光紧紧交织在一起
织成人身安全防线

父亲

父亲的一生
对我总是远山
沉浸于母亲的怀抱
只看到他苍凉的背面
一直未能走近他
至今留下难以弥补的缺憾

我只从母亲近水的印象
才感到他的挺拔庄严
跪乳时方才感到
父亲是母亲也是我的靠山
一身挡着风沙雨雪
守护着温馨的家园

直到身为人夫人父
饱尝了人生的甘辣辛酸
才走近了父亲
看见他满脸密布的艰难
孤独的心灵是那么宽广
不与母亲争爱为我树立了样板

父亲面前我低下头颅
感恩时他已走远
望着他的背影
我紧紧地紧紧追赶

欣慰的是和他一起走进新境
灿烂阳光抹去久积的心酸

回首

在一般情况下
人只可昂首前行不可回首
但在必要时
回首又是必要的

风云变幻中看清来路
才不失方向拾起记忆
编织信念的旗帜
引领脚步披荆斩棘
所谓温故知新
就是这个道理

一个人这样
一个民族更是如此
由于来路曲折脚印众多
回首也就成为必须
回首是为继往开来
写下无愧无悔的历史

经历了众多风风雨雨
新中国成立实不容易
回首既是对选择的确认
也是为更好地把握自己
一次回首一次脚步的校正
一片脚印一个格言警句
千万不可忘记使命
前进是胜利倒退定是死局

触摸根

漂泊旅途心也飘忽不定
茫然得不知来路、归程
孤独时小憩于树下
触摸根时别是一番心情

心随根深入土地的深处
母亲的怀抱感到了实在的人生
湿漉漉的墒气如同母乳充饥解渴
饱吸时也就提起了精神
思绪与蚯蚓一起疏松土壤
泥土的芬芳米酒般醉人
心随根深入土地
也感到生命的价值和底蕴

一种精神从根上升华
想象的枝叶郁郁葱葱
沉甸甸的结果格外香甜
敢笑随风飘卷的蒿蓬
灵魂也不再孤独
与根相并一身化作森林

再上征途敢顶风雨
落叶归根时生命步入佳境

生活的亮点

当欲火烧过留下死灰
乌鸦的翅膀驮来黑暗
夜幕遮去光明

给心灵蒙上浓重忧患
莫悲生活一片漆黑
睁大罗丹的眼睛就会看见
锅底黑的阴暗面上
仍有无数闪光的亮点

闪在巡逻者的足下
夜班工作室的电脑键盘
建筑工地的灯座环保工扫帚下
电台焦点访谈、晚报批评专栏
闪成星星、灯光、火苗
智慧幽默、玫瑰刺诗篇
灼灼如同长征的火把
时空连成一道长长光线

亮点是正义敞开的窗口
映出大面积洁白心田
激情嗤嗤燃烧肝胆出血
思想的光辉升华成惊句格言
睁开眼睛就会看到光明
星星之火可以燎原
那是光明与黑暗搏斗的火花
有亮点生活就不是漆黑一团

感受阳光

人们都喜欢天晴
有阳光的日子才有好的心情
感受阳光便感到温暖
所有时间都是吉日良辰

但也有人恶习不改
仿佛是健忘病人
稍一暖和便忘了苦寒
对太阳报以冰冷面孔
随地吐痰摘花踏草
光天化日之下斗殴行凶
或阳关道上留下歪斜脚迹
或把冷酷的心扉闭紧
黑幕下干起阴谋勾当
污染阳光给生活留下阴影

感受阳光的温暖
也感到阳光的心疼
阴天是她在沉思
天籁是她发出的呼声
阳光不许任何人玷污
雷鸣电闪也在发聩震聋
葵花率先举起义旗
爱的金曲告诫人们
爱护阳光就是爱护自己
太阳的生命就是万物的生命

古体诗词

五绝五首

感怀

朔方居已久，离去割心疼。
黄土风光好，销魂在笔耕。

雪韵

天意怜词客，赐余万贯银。
收来存腹底，化作白头吟。

无题

心无名利想，入夜自成眠。
梦里乾坤大，醒来外世难。

读梁东先生赠《好雨轩》诗词选

好雨知时节，浇花朵朵鲜。
香飘天地外，美在有无间。

晚年

晚岁无奢望，唯期世道清。
挥毫时急急，为有俗尘封。

五律二十六首

谢诗歌泰斗艾青题书《夏风》

泰斗挥诗笔，西陲劲夏风。
沙尘从此落，正气逐时升。
每沐心清爽，频催草木青。
燎原星火旺，花气日蒸蒸。

题贺敬之文学馆

韵集阳刚美，情如海上鸥。
放声歌党国，挥笔写春秋。
意立呈高远，境开至极幽。
尔曹名俱灭，不废大江流。

毛泽东诗词书法艺术馆

笔写千秋史，馆藏百万兵。
龙蛇喷大气，韵律发金声。
自有英雄志，宁无儿女情。
史诗传永世，常伴日东升。

毛泽东亲人来宁夏*

沿着长征路，崎岖不叹辛。
披沙寻伟迹，沐雨表丹忱。
栽得常青树，描成万古春。
慰魂边塞地，不变岁寒心。

*1982年6月，毛岸青和夫人邵华来宁夏。1996年10月，刘思齐、邵华及毛新宇同志来宁夏参加红军长征胜利六十周年暨将台堡会师纪念碑庆典活动。

题红岩村

红岩谁道矮，一柱挺乾坤。
有草皆含铁，无梅不吐芬。
缘因先烈血，染就世间春。
到此思江姐，何忧陋世贫。

有感于自治区领导授奖*

爬格多年苦，从来意不赊。
献身扬国粹，落寂任由它。
羞做墙头草，乐吹塞上笳。
夕阳无限好，赐我胸前花。

*2006年8月19日，参加宁夏回族自治区第四届社科联代表大会后作。

读杜甫咏雨诗

老杜诗千首，多为雨露篇。
感情从不竭，韵脚自然鲜。
每读堪消渴，常思彻悟禅。
不思南国去，为塞绘春颜。

长征精神

凝作红飘带，翻然起大风。
卷抒冬雪化，铺展热潮生。
入体明肝胆，升空亮月星。
江山留胜迹，常使日光明。

重回家乡

近乡情未怯，因是隔年回。
每见新图画，长思旧苑梅。
有心相勉励，无意斗芳菲。
土炕温馨梦，不思向市归。

贺兰山苍鹰

耻在笼中锁，凌空上九天。
风云双翅击，雷电一吟牵。
旋转乾坤小，俯冲气势酣。
可怜梁上燕，无志远飞难。

家乡县城重修钟鼓楼感赋

百载重修后，挺身展亮姿。
阳光融旧忆，秀木织新衣。
清醒钟鼓息，平安燕鸽栖。
诗书时展出，画景意迷离。

沙燕

大漠无边阔，横空沙燕旋。
呢喃情急切，宛转韵甘甜。
翅抖沙尘净，身栖句逗圆。
音符飞里活，一唱动长天。

贺兰山背面

背阳恩宠少，却不怨天寒。
湿处藓苔嫩，岩边翠柏鲜。
蘑菇云漫袅，冰雪色清廉。
到此消尘俗，爽风不许眠。

致妻子

不以夫为贵，唯期品格廉。
清贫无怨悔，寂寞共熬煎。
明镜常常照，老心岁岁安。
和谐歌一曲，白发乐同添。

大漠吟

千丘肌腱鼓，崛起逐龙奔。
有土皆含火，无沙不炼金。
雄风时浩荡，沙燕自精神。
瀚海无边阔，只容创业人。

贺兰石

兰山多宝石，海水泡年年。
色若天空碧，质如汉玉坚。
砚成文有幸，香溢墨难干。
写就春光好，书家最喜欢。

兰山岩画太阳神

先民何杰出，巧刻太阳神。
留得光明在，不容暮色侵。
冰霜随日化，景物逐时新。
千古悠悠意，谁言弱后人？

朔方古道

沙净林荫秀，机鸣鸟不惊。
清风催快步，丽日照前程。
未到黄昏近，先期闹市行。
无愁肠寸断，只觉梦温馨，

沙湖沙雕

莫道黄沙散，浓情固作金。
神功雕大象，绝艺铸精魂。
丝路光辉远，歌诗境界深。
都呈豪放美，力引五洲人。

赴太阳山*采访

一任风沙暗，未行眼已明。
太阳心底出，暖气念中生。
路有温馨意，滩无不化冰。
工区即热土，任我漫抒情。

*太阳山在宁夏盐池与同心之间。

游银川森林公园

湖城招秀木，紧贴在胸前。
时吸新鲜气，总听肺腑言。
松涛盈耳响，鸟语入心甜。
何必深山去？此处即诗源。

登黄鹤楼

黄鹤知何去，独留黄鹤楼。
晴川呈眼底，秀木绘芳州。
檐有凌云志，道无羁旅愁。
新春新境界，笛韵仍悠悠。

南阳印象

南阳初到日，心底已辉煌。
史册经年久，文明入世长。
白河流洁汁，黄土溢芬芳。
韵集阳刚美，浑如我故乡。

西峡恐龙遗迹园

为寻生命迹，我到此园来。
龙蛋千古在，史书万卷开。
深深铭教训，字字记兴衰。
不与时同进，消亡是活该。

卧龙冈

山冈何处在，唯见劲松栽。
难没凌云志，畅抒寂寞怀。
茅庐思结果，战道智施才。
树挺鞠躬样，青峰向九陔。

春节后读《夏风》来稿

谁言寒未尽，瑞雪喜迎春。
片片随风急，殷殷祝福勤。
多传新讯息，少有不清音。
嘤鸣期好雨，秋实自芳芬。

七绝六十七首

柳笛

春到边关信多情，端从柳笛发新声。
阳关一曲多含雨，润湿荒原草色青。

槐花

凤城六月雪花白，香气袭人化不开。
一片素心怀故友，却招蛙鼓梦中来。

口弦

淙淙泉水过荒滩，蛙自和鸣蝉自喧。
无限乡情弦尽诉，梦魂夜夜绕青山。

盖碗茶

盖碗青瓷枣拌糖，如同丹桂袭人香。
茶浓却伴郎情意，别后多年仍不凉。

窗花

未必秋过即是冬，姑娘剪下显神功。
叮叮燕唱江南好，便见春花烂漫红。

高跷

村民何日变为神，片刻侏儒万丈身。
跨步迈过巴掌岭，抬头碧落可拿云。

瓜香果甜

塞上秋来瓜果鲜，蜜流香溢引蜂喧。
醉人风气浓难化，沾住太阳不落山。

当代农民二首

一

初富依然起五更，耕云播雨夜披星。
为离土命还拼命，端把小康作启程。

二

祖宗活法欲抛净，苦读人间生意经。
巴掌山难遮望眼，何忧田埂锁行程。

蜂拥富门

户吐芬芳诱客人，蜂拥不令进家门。
一只飞落发梢上，赠我蜜汁甜透心。

农村新房二首

一

青檐粉壁新房好，依旧窗前挂辣椒。
心造太阳光昼夜，阴云何可乐逍遥？

二

新人不醉谷芬芳，偏爱书香胜稻香。
科技诗书陈一屋，星辰常伴笔耕忙。

菜农

萝卜快时也洗泥，深怀诚信不堪移。
心中自有公平秤，量得公私高与低。

沙湖小荷

凌波总见气从容，体洁浑如日月同。
角似尖刀端挺出，只缘扑面有沙风。

萧关道上

萧关无复马萧萧，散尽烽烟地阔辽。
汽笛频催杨柳绿，行人不识霍嫖姚。

贺兰山下古战场四首

一

朔方自古贯鏖兵，血战尸横路不平。
岁换沧桑春漫地，机车高速达神京。

二

绿林军自守春光，战地黄花分外香。
厚土深埋先烈骨，雄风岂许暴沙狂？

三

一自沙沉看折戟　，斑斑锈迹证传奇。
前朝旧事云烟散，先烈唯留豪放诗。

四

草木兵陈古战场，干戈化作绿军装。
著身厚土生春色，笑傲骄阳枉作狂。

兰山月二首

一

兰山系得夜航船，长挂扬帆不计年。
破浪披风诚有信，洪荒驰进艳阳天。

二

长挂山头绝俗尘，风云磨洗亮冰心。
情丝织就光辉梦，总使林青曙色新。

左公柳

左公主政实非左，古柳株株实证多。
叶叶寄情边塞客，莫将斧锯写悲歌。

唐徕柳

一行翠柳万行诗，不许漠风折半枝。
写尽春光无限意，飞扬银絮织春衣。

酸枣树

常恨暑寒煎熬身，直将利剑刺风云。
艰难不减英雄志，结果辛酸却养心。

灵武水洞沟藏兵洞

洞深恰似九回肠，不见藏兵见亮光。

已化干戈成玉帛，供于春写大文章。

题王震将军像

戎马倥偬古战场，征鞍未解犹拓荒。
风云更染英雄色，一柱擎天岁月长。

军垦第一犁

一犁昔日破天荒，自此春光长势强。
结实谁言皆绿色，石河浪涌尽诗行。

读白居易《秦中吟》

十首秦中定正声，声声俱是爱民情。
余名巧借无赊望，当作吟鞭策力行。

重庆印象

雾散云开景物鲜，嘉陵江水映蓝天。
依山楼阁层层叠，俱似扬帆破浪船。

道是无情却有情（新韵）

案犯抓来未审清，纸条电话卷狂风。
高歌法制行人制，道是无情却有情！

送儿上大学二首

一

送子城中上学堂，别时早起做羹汤。
深情垫底经风雨，闹市挺身做白杨。

二

红包掏出钱几分，尚有余温暖透心。
情系儿身难断线，时为学子长精神。

航班

银鹰飞上九重天，展翅如梭往复穿。
织出丝绸航路美，远通欧亚彩云间。

驼铃远去

驼铃远去韵悠扬，报讯春蚕到朔方。
正吐丝绸新道路，风光胜似昔辉煌。

兵沟

烽火硝烟消已久，独留兵法在干沟。
春拥草木辛勤读，心得丰收夏复秋。

贺兰山明长城

骏马已奔新世纪，常留踪迹证神奇。
西长城供人凭吊，古韵悠悠待雁栖。

登泰山

峰入天都世上奇，登高一览众山低。
归来只觉兰山矮，羞作井蛙自在迷。

游孔府

三十四朝建古都，文光万代德无孤。
家多宴酒情豪壮，人杰只因爱读书。

访新加坡

瓢洋过海到星州，异国他乡不觉愁。
华语温馨驱寂寞，只身时在画中游。

忧患

按倒葫芦浮起瓢，反贪不止令心焦。
不除官本坚民本，铁打江山也不牢。

自题小照

满头青草自焚毁，不觉冰霜两鬓堆。
瘦骨嶙峋君莫笑，春心时自斗芬菲。

自嘲

消尽年华独苦吟，至今空负看花心。
诗成大雅堂不录，敝扫凭余自在珍。

看电视剧《李白》有感二首

一

一生乐作名山游，哪管危崖碰破头。
心系自然情切切，风流自可傲封侯。

二

借得名山好赋诗，浮沉人事任由之。
仙姿飘逸哪堪羁，况味皆为绝妙诗。

牛年咏牛

爬坡牛不用鞭抽，肩并山冈争上游。
风雨不催蹄自奋，直朝逆境夺丰收。

承包责任

描金点翠绘田园，乐以丰收践诺言。
开放心胸宽似海，能包大地亦包天。

能人

网上耕田真个神，农民今日变能人。
风云随手翻高产，时把丰收慰祖魂。

读书

晨在田园育菜蔬，晚来灯下读诗书。
不期中有千钟粟，只为羞当大老粗。

吟诗

莫禁枝头燕雀嗤，共于人咏抒情诗。
丰收抹去忧愁梦，欢喜诚为绝妙词。

诗会

丰收喜讯缠腰袋，直上城中赛诗台。
富有精神成绝句，自朝人世漫抒怀。

志愿者

已将农事巧安排，城里去当志愿者。
凭着一双勤手脚，文明花朵向阳栽。

入市

入市之前细整装，新农民绝旧肮脏。
城市亮相也潇洒，不仅头昂气亦昂。

黎明即起

黎明即起妹催哥，富裕莫贪热被窝。
夺取丰收应乘早，老牛也可上高坡。

抗旱

阿哥小妹同挑水，抗旱比如燕子飞。
扁担悠悠双展翅，叮咚水韵响春雷。

手机传讯

五谷丰收囤子满，手机传讯报平安。
御寒自有乡亲爱，乐唱花儿与少年。

村姑二首

一

村姑对镜巧梳妆，非是相亲去会郎。
文化宫中演大戏，新娘排定妹来当。

二

郎去打工妹种田，闲为哥织羊毛衫。
针针不断真情意，合体犹堪化雪寒。

秧歌

晚敲锣鼓震天响，扭起秧歌入广场。
尽把丰收身上带，老人乐作少年郎。

村选

巡视参星朝地望，银灯村办放光芒。
手中选票迷人眼，众选村官妹选郎。

村官

喇叭不再高声喊，说事村官下大田。
耕罢共商家国事，新风树起省时间。

邻嫂

爹出打工儿放家，无忧风雨雪交加。
邻居嫂子敞怀抱，不是妈妈却胜妈。

丰收

瓜果丰收不用愁，任它风雨阻行舟。
网连八面多销路，讯息传开客竞购。

赞为抗洪抢险捐躯的新闻工作者

报道人成抢险人，淘沙大浪识真金。
情深无价哪堪估？常使传媒气象新。

爬格在鲁迅像前

一尊峻岭立身前，砺我高峰着力攀。
纵是难登高境界，也教侏儒仰头看。

敬谢林锴先生赠诗书画

诗书画印俱精深，境界浑然未有痕。
赠我书房添异彩，每看羞让俗缠身。

吟青白江

青白江流自不浑，半因睿智注深情。
渔歌响彻沙淘尽，水育多为廉洁人。

周总理访问石河子

创业艰难到石河，雪中送得柴薪多。
温馨一语三冬暖，从此寒冰化热波。

七绝·塞上风物七首

威镇堡 *

将军一去不回还，留得声威镇塞川。
知否风沙溜去也，葱茏草木给新天。

*位于平罗县城北十五公里处。

红高粱

青纱帐里山奇兵，火炬高擎热气腾。
何可霜期头不缩，铮铮骨韵响雷霆。

野菊

满身尽挂黄金甲，箭射昏蒙万里沙。
也学葵花心向日，犹驱霜雪护农家。

山丁香

春乍到时即上岗，值勤亦似哨兵忙。
一丁香气千钧力，驱尽风沙野性狂。

山桃花

灼灼坡沟斗雪寒，从来未入桃花源。
蒸腾汽化云霞美，不许污风染上山。

酸枣树

常恨暑寒煎熬身，直将利剑刺风云。
艰难不减英雄志，结果辛酸却养心。

劲草

多含铁质色常青，傲对骄阳与冷风。
家族统称沙打旺，虽经野火更繁荣。

七绝·朔方杂吟十三首

民选马兰花为区花

抱朴无忧暑与寒，风沙不减海天蓝，
纯情羞惹蜂和蝶，唯绘明媚塞上颜。

卫青过宁夏

当年马踏旧沙尘，塞上蹄痕逐日深。
酿作纷纷花雨下，漫滋古道草青青。

王维过沙坡头

辞别京华到塞边，风沙炼句总惊天。
孤烟大漠长河日★，想象浑如太阳圆。

★据考，王维名句“大漠孤烟直，长河落日圆”写于过沙坡头时。

过秦汉渠

分流二水灌乡村，阡陌纵横忆古人。
心系民生干旱苦，渠修史册浪长吟。

沙拐柳

曲身却不做悲吟，力抗风沙铮骨音。
也见婆娑枝叶茂，弯身亦可见精神。

黄河鲤鱼

解冻群鱼自在奔，欢天喜地跳龙门。
金鳞跃眼梭穿急，织出江南万象春。

水洞沟

水洞沟深可探源，华人足迹破荒天。
崎岖磨出文明史，终使绿波漫古原。

古牛化石

曾共智猿岁月长，直将犄角斗沙狂。
沧桑不折铮铮骨，难怪古原不见狼！

贺兰山南寺

已凉天气未寒时，冒雨兰山共觅诗。
南寺无神灵秀在，芊芊碧草寄情丝。

灵武水洞沟藏兵洞

洞深恰似九回肠，不见藏兵见亮光。
已化干戈成玉帛，供于春写大文章。

再读贺兰山岩画

刀刻画图深有痕，风云装裱逐时新。
阳光最解其中意，不许冰霜岁月侵。

过沙坡头

胜金关过天宽广，草木兵陈古战场。

昔日荒凉今绿抹，飞金流翠入诗章。

腾格里

芳林崛起影婆娑，荡去孤烟日已多★。

结队情人未复去，唐人应改旧时歌。

★王维过腾格里作“大漠孤烟直，长河落日圆”诗句。

七律·塞上江南三十七首

塞上春

牛鞭抽出柳丝柔，牧笛声催草出头。
大雁捎来南国讯，车轮唱起信天游。
闸开黄水飞金练，羊点青山绘彩图。
一自暖风吹过后，无边春色画中收。

塞上地平线

崛起高原视线长，黄河端见入汪洋。
蜃楼海市难迷眼，绿草芳林乐扫荒。
目赖头昂光远射，心因俗脱气高扬。
晨曦足比醇醪美，不醉人皆逐太阳。

攀登

西来开发若登山，山耸云天须仰看。
虎踞无期人赶走，龙盘犹唤力同攀。
愚公碰壁头应醒，智叟逢春案可翻。
万丈标杆高树起，英雄不叹比肩难。

塞上遍栽江南槐

南国姑娘塞上来，扎根厚土紫花开。
情将大漠丝丝染，意共绮霞缕缕裁。
玉立非招蜂采蜜，香飘却使梦萦怀。
既来自不思归去，绘出浓春待雁裁。

塞上煤

万世沉埋意不伤，浑身墨染亦生光。
入炉顿使星灿烂，腾焰难教雪暴狂。
骨碎全然无懊悔，灰飞似觉有奇香。
乌金实比黄金美，炼就人间不锈钢。

塞上江南宁夏川三首

一

谁把江南织朔方？汗描新景日辉煌。
树栽大漠花开艳，水育高原稻吐香。
电站星罗天放彩，煤都棋布夜生光。
少年尽唱山川美，道是诗乡亦画乡。

二

古来史册银辉闪，人树光明世界观。
纵是乌云翻浊浪，也将亮色抹心田。
声腔总似铃铛响，本色应从雪岭看。
余爱故乡新月美，玉盘端出俱丰年。

三

入户银川近五旬，无边光景逐时新。
虽然也爱江南美，但却更迷夏国文。
敲韵方音堪悦耳，放歌风物足抒心。
此生合共兰山老，沙枣丛林系我魂。

赞塞上佳酿“宁夏红”

杞宝殷殷若赤心，多经火炼质纯真。
情浓玉液消愁苦，味正清风化俗尘。
入口一杯皆可醉，飘香千里俱提神。
酒中极品荣塞上，红运无忧巷子深。

贺兰山

将军策马势难还，亮剑云惊雾亦寒。
青光不染沙尘色，紫气长缭戈壁滩。
草木情酣身劲挺，风沙胆怯气难喘。
有心万物思回报，只是征夫足不闲。

贺兰山主峰远眺

登高美景望中收，不尽黄河天际流。
如网银渠腾细浪，似云秀木盖荒丘。
凤凰起舞羽衣美，大漠飘香春色稠。
更有林涛潮怒卷，风沙不再使人愁。

贺兰山下湿地多

天净风沙睁望眼，欣看湿地显荒滩。
总为开发明珠出，紧赶深挖彩线连。
镜照高原风物美，凤飞新纪羽毛鲜。
五湖四海相融后，西子浓妆比却难。

贺兰山秋色

拔地群峰立朔漠，一身锦绣对黄河。
茫茫瑞雪垂天幕，淡淡烟霞织地罗。
秋色原如春色好，颂歌常与牧歌和。
登临朗诵岳飞句★，何惧雄关险阻多。

★岳飞有“驾长车，踏破贺兰山阙”句。

贺兰山岩画

史诗刻石历千年，巨变沧桑画更鲜。
狩猎弹飞群鹿散，放羊鞭响彩云翻。
天人合一情真切，农牧分家势必然。
鉴古兰山明镜在，新图展出看今天。

游阅海湖

欣到此湖来阅海，波翻史册话兴衰。
荒滩新画天涯展，苦岁忧愁世外排。
逐浪龙腾朝碧落，乘风凤舞问蓬莱。
和谐诗境鱼同乐，直以青芦写壮怀。

塞上初夏

沙枣花香引蝶狂，夏风醉使夜生香。
银川翠染迷飞燕，黄水波扬唤插秧。
不尽人歌杨柳曲，频多蚕噬岭头桑。
更深蛙鼓催征急，即起黎明上路忙。

紫塞驼铃

穿透茫茫夜幕沉，力驱寂寞若浮云。
悠然傲对沙尘暴，激越深呼塞上春。
声势逶迤山起伏，征夫隐约影相跟。
拓宽丝道勤裁剪，金质歌声入梦频。

塞上草

塞边小草非风派，劲挺无忧命运乖。
野火焚燃心不死，狂沙锤打志难衰。
乐将生命描春丽，羞教脚步向左歪。
铁骨不磨真本色，精神亦是栋梁材。

晨望黄河

舒卷浑如玉带飘，苍茫云水白纱缭。
金星乱缀迷人眼，紫燕飞旋试剪刀。

难断蒸腾祥瑞气，平推汹涌雪波涛。
晨曦不醉孤帆远，袅袅炊烟手自招。

塞上春雨

朔方好雨总来迟，三月方垂碧玉丝。
勤洗尘埃天亮丽，漫滋草木色萋迷。
露凝秀叶呈珠串，虹挂琼峰系梦思。
一自心田淋湿后，激情涌起俱新诗。

塞上浮雕

塞上群山已壮观，年来城镇又新添。
玉雕尽是英雄汉，文刻皆为创业篇。
各在广场含笑立，同标高度启登攀。
活生生的魂犹在，靓丽风光耐久看。

沙湖写意

平湖万顷望中收，不尽风光画意稠。
芦荡频将南国绣，轻舟竞向碧空游。
三秋曙化甘霖爽，百里尘消气色柔。
堪与西施相媲美，置身此境复何求。

贺兰山下明长城

挡沙曾与兰山共，胡马狂嘶调自空。
逶迤姿势虽然断，磅礴志气却未松。
忍以伤痕启睿智，力将铁骨敲警钟。
地埋宝藏应开采，莫向东瀛叹苦穷。

鸣翠湖

银郊今也有西湖，千顷碧波洗荻芦。
鸣翠银鸥来复去，流金玉韵有如无。
画船惊起鱼蹦跳，爽气漫沁意觉舒。
诗兴时随波浪出，清风撩起伴情抒。

西大滩*

春风力把旧容改，爱伊波涛即扑来。
史积风沙冲欲尽，彩描生态漫铺开。
瀚泉海水堪防涝，金色湖光足动怀。
醇酒酿成融苦涩，香拥古县上新阶。

*西大滩在平罗县西、贺兰山下。

贺兰山彩虹

雨过兰山挂彩虹，凯旋门搭迓英雄。
欢谈斗地开边事，喜庆改天不世功。
林带抹沙碧落丽，绿风荡雾春光浓。
银河酿得千缸酒，正待仙人共举盅。

黄河渡口

风平沙净日高悬，信息频催送货船。
轮似栈台霞密集，水如弓弩箭连穿。
萧条旧岁云翻雨，茂盛财源浪拍天。
舷口凭栏看世界，心潮亦自卷狂澜。

秋菊

秋风扫尽夏辉煌，旷野黄花分外香。
辐射金光驱雾霭，熊烧烈火化冰霜。
姿超月桂三分美，身少海棠一段长。
沙打徒铮钢铁骨，迟迟不谢挽秋光。

沙坡头

汽笛长鸣震破天，果真塞上有江南。
黄沙万顷开新景，绿树千株荡暮烟。
燕唱欢歌真婉转，瓜流蜜汁特香甜。
鸣钟不许人沉醉，正唤英雄写续篇。

朔方三月

积雪初消酿作酒，田园人饮共风流。
醉拳力打沙尘暴，小曲腾飞楼外楼。
俯瞰黄河入大海，长期紫雁栖芳洲。
呢喃声唱春光美，豪放诗家尽情收。

泾源竹

青翠一身挺雪原，根根俱是铁旗杆。
几番暴雪摧难折，数度狂沙炼弥坚。
独见虚心如谷阔，谁看劲节若弓弯？
与山并做擎天柱，变幻风云视等闲。

遥望贺兰山月

风云磨出一轮圆，今日玉颜胜昔年。
光照黄河涛涌急，色融大漠树栽鲜。
纯情曾抹英雄泪，柔意常驱暮色寒。
夜夜同余谈韵事，圆于意底总难残。

湖城颂

城在湖中湖抱城，天光水色共空濛。
蜃楼海市定形象，鸟语花香增激情。
最适人居称富地，全堪业创显奇能。
安魂不欲他乡去，固守犹如草木兵。

塞上金秋

江南花木正流芳，边塞已看叶半黄。
圈养牛羊欣有食，原呈葵菊乐无伤。
高粱迎奥擎火炬，夜梦飞金亮塞乡。
热土暖融霜雪化，酿成绿醅醉人香。

塞上梅

莫言塞上古无梅，雪积兰山亦占魁。
松伴不知身寂寞，月倍时觉意光辉。
素心休令红尘染，芳韵何堪冷眼窥。
诗绘形容惟肖妙，香引春光带雁回。

中国枸杞之乡

丝绸路上缀珍珠，杞宝颗颗世上殊。
黄水流经成赤水，村姑跃动变仙姑。
金嗓力唱农家乐，美意争奔致富途。
红地红天红岁月，风光真个胜天都。

赞马兰花

青春色俱海天蓝，总使浮云遮却难。
入选皆因风采朴，超凡只为品行端。
不招蜂蝶守贞洁，力顶风沙驱暑寒。
引得光阴浑入画，阳刚气足入诗篇。

七律·感怀五十九首

余迎新纪

倏来新纪勿猜疑，喜上眉梢紧握机。
人世难逢千岁日，余生欣迂两时期。
承前不悔崎岖路，启后甘当百尺梯。
国泰民安人类好，吟哦自不患精疲。

西部哲学

穷荒亦是富资源，沙俱含金待炼丹。
坷坎如诗平仄仄，神奇若梦意绵绵。
诱登险岭风光好，戒滞浅流命运残。
空旷尤为深境界，精神处处是家园。

丝绸之路

横跨亚欧道路长，通行岂止为经商？
和平曲赖驼铃谱，友谊花因汗雨香。
丝织明沙流异彩，曲歌苦岁放光芒。
虹桥架起新世纪，更铸辉煌向太阳。

深山老林工

鹤发童颜非老僧，仙姿云态是林翁。
将身挺作青松树，向子传教草木经。
泉水叮咚闻笑语，花儿烂漫颂园丁。
多情山路弯弯绕，牵得心思万里行。

猎户

狩猎人成改过人，春销弓箭赖魂醒。
鹰从手指飞天际，兔自爱心入密林。
注目无忧风雨苦，护生患使兽禽亲。
儿孙不解心中意，辄以怨言尽孝心。

海市蜃楼

半空兀地见仙山，山在虚无缥缈间。
路入迷宫深不测，神游胜境乐难还。
信知幻象非真景，却愿痴情作壮观。
玉阁琼楼成现实，还需挥汗绘边关。

访银川郊区魏家桥

断桥今已变虹桥，臭水远排美达标。
树影婆娑招燕舞，笑声爽朗逐香飘。
情人影照清波里，试验花开豆蔻稍。
崛起新村文采富，馆铺渲纸任挥毫。

清水湾美术馆

丹青一馆向阳陈，妙造自然绝俗尘。
扑面春风堪醉意，沁心香气足提神。
格高半赖生花笔，境至全因若用心。
探美此方多有获，缪斯与我共销魂。

贺玉皇阁新修

一自春风抹旧颜，英姿靓丽画中看。
朝阳漫谱青春曲，新月光辉不夜天。
钟鼓提神犹在耳，水龙掀浪足醒眠。
红墙不许尘埃染，唯浴清风伴月廉。

牧羊少年的浪漫主义

圈养牛羊意自闲，图书馆里探新天。
心追神七腾空起，步入仙山采药还。
医好草原多发病，推开山路朔风寒。
自从想象放飞后，常用手机不用鞭。

回故乡

难断情丝系梦长，回望一次一辉煌。
街宽灯亮车流急，木秀花红果溢香。
时有新风迎面扑，绝无旧习把人伤。
微机进入寻常户，网上乡亲创业忙。

灵武出土恐龙化石

一从出土便流芳，实证边陲古不荒。
碧海曾因甘雨汇，青山总被绿林装。
何因沙抹江南景，应记史留劫后伤。
开发龙腾新世纪，复归生态更辉煌。

水洞沟古牛化石

水断沟空洞已伤，古牛依旧若山冈。
角从历史尖尖出，气逐雄风岁岁扬。
四野丘陵隆劲腱，万年足迹碎冰霜。
埋头不语耕耘苦，直伴边区拓大荒。

重建岳武墓碑*感怀

丰碑耸立正堂堂，敌忾同仇意不伤。
大义擒虏功盖世，精忠报国志呈强。
长车踏破兰山阙，怒啸翻成锦绣章。
一曲浩歌传万古，唱来谁不气昂扬？

*银川中山公园原有岳墓碑，“文化大革命”期间惨遭破坏，今重建。

赋得银川植物园

昔日荒沙厚土埋，奇花异木向阳栽。
葱茏秀色描南国，烂漫云霞绕梦怀。
蕊吐浓香蜂舞蹈，鸟鸣新韵月徘徊。
盈秋硕果星光灿，不尽风光引凤来。

银川植物园绿色迷宫

诸葛摆成八卦阵，葱茏景色惑游人。
千寻仍是迷宫客，百探还居翠柏村。
细读朦胧诗有味，急思焦灼路无门。
园林艺术奇如此，词曲哪堪直白吟？

北武当庙生态旅游区

欲除沙害佛无能，生态园成赖百工。
树植荒滩长速快，绿涂深壑春光浓。
鸟声尽歌英雄曲，碑体皆铭不世功。
菩萨有灵应莫嫉，游人只把美推崇。

游贺兰山小口子

张口青铜钟滚进，轰鸣声响发人醒。
闭关曾咽辛酸泪，启户遍迎草木春。
讯赖交流添活力，气因吐纳变清纯。
山含哲理君知否？游此应为明白人。

小憩贺兰山读石头

贴近石头听有声，静听骨韵响铮铮。

嶙峋傲作生存态，圆滑羞为处世经。
寂寞熬煎多好药，喧腾夸耀少真情。
自然景美须坚守，团结何愁雪岭崩？

与贺兰山苍鹰对话

长空君击惊雷电，余愧气衰唯仰看。
目掠英姿留韵册，思将铁羽做标杆。
教儿自树凌云志，任塞多堆火焰山。
临近太阳成熟早，无忧飞雪漫天山。

塞上农民工

冲出关门破雾云，鹰飞千里为除贫。
市尘难染庄稼色，艰苦足堪百炼金。
血汗钱从邮故里，生辰日自祭先人。
归来只觉家乡小，力拓新天做马奔。

登灵武高庙

飞檐叠拱势嶙峋，立意高深欲拿云。
临近老君渐悟道，放飞想象足提神。
肃宗古迹无踪影，唐韵遗风有足音。
诗家竞唱迎春曲，引燕绕梁又破门。

盐池

信天游唱到苏区，烂漫花开正好时。
昔日精盐铮铁骨，今朝春水涨深池。
生财门对阳关道，致富家添席梦思。
花马奔腾追闪电，长嘶不使客游迟。

吊庄人家

穷山固守苦沉沉，庄吊良田穷断根。
命运抽枝花烂漫，光阴结果吐芬芳。
独留旧梦讲儿辈，总向新程拓远津。
房顶人形深意味，呢喃燕子报新春。

听雨

细雨沙沙来势急，随风入夜总沾衣。
激情感动花间泪，晶体溅成哲理诗。
路有泥泞堪稳脚，岸无林草易伤堤。
坐听直到三更后，心赖加油不觉疲。

六九生日感怀

叹余事业半无成，欲辍耕而笔不听。
总忆当年壮士志，还歌今日文明风。
春潮汹涌增豪气，杂念抛开赶后生。
看破红尘心若水，黄昏时亦力攀登。

小憩梦蝶

案头小憩梦庄舟，化蝶花丛着意游。
抖去尘埃身爽快，穿过烟雾气轻柔。
闻香醉忘伤心事，起舞欢追破浪舟。
一自醒来神定罢，又挥秃笔写春秋。

黄河放筏人

剪下蓝天一片云，雕鞍可使大河驯。
压平巨浪梭穿急，滑向天涯气不沉。
惬意犹如溜滑板，抒心宛若奏瑶琴。
不闻欸乃橹声响，唯见莲花开玉盆。

有感于宁夏率先实现沙漠化逆转

漠化谁言阻却难，固沙宁夏奋当先。
卌年民舞龙泉剑，万卷诗吟斗地篇。
林逼荒魔丢甲去，草攻失土带金还。
芳洲不尽连天涌，休使全球作火燃！

沙打旺

此草生来个性强，柔肠寸寸尽如钢。
火烧更使容颜秀，沙打徒教铁骨香。
羞向温棚争厚爱，乐将大漠作天堂。
一身劲挺铮铮骨，总伴征人拓大荒。

草根颂

扎于厚土意深沉，总以须摸地母心。
献爱无言埋没苦，尽忠独为守真欣。
力托绿叶呈生气，常以青枝扫暮云。
信是忠臣功不没，繁荣万物岂离根？

家乡土壤改良今昔二首

一

地患疖疮肌肉烂，神农无奈亦辛酸。
年年播种收成少，户户求神应却难。
愁煞头同盐碱白，悲哉梦共旱霜残。
牛郎羞自银河去，今看园林欲下凡。

二

春风着意绘田畴，大手笔为排水沟。
畅抹污泥存洁质，力挥甘雨化清流。
农家减负腰身挺，村景添新画意稠。
雁至不思南国去，栖身处处是芳洲。

红色记忆

一抹红颜带血痕，无边夜色弹烟焚。
峥嵘岁月堪回首，坎坷途程岂叹辛。
难抑激情融积雪，喜从赤脚抖精神。
温馨记忆春风暖，轻快一身可拿云。

六盘山上高峰二首

一

一自擎旗挺直肩，巨人姿态可摩天。
清平乐奏风云路，不世功高宝塔山。
力缚苍龙拳紧握，深播春色志难弯。
今朝点绿星星火，遍插鲜花更壮观。

二

六旬峰已长新高，绿帜今朝红日飘。
力缚苍龙宽拓路，浓描春色漫挥毫。
南飞雁报春消息，带露花歌大目标。
好汉犹登天外岭，新征不叹路迢迢。

六盘山长征纪念碑

崛起六盘又一峰，旌旗依旧向阳红。
清平乐刻雷鸣远，沙枣花催韵味浓。
课上碑前坚壮志，路通山外缚苍龙。
鹿攀峻岭昂头笑，今日风光大不同。

扩建长征纪念馆

沓来思念再难呈，扩建还因涨激情。

盖世丰碑宽可竖，感天壮语阔宜听。
缅怀无阻英雄气，拜谒堪容灿烂星。
功德诚然诗一首，境深始觉意空灵。

喊叫水*

一自沟渠布满村，喊声只是水催人。
勤描彩画秧先插，遍洗沙尘目不昏。
信是琼浆能解渴，诚如玉液足提神。
明知关外灾情急，节水一分一寸金。

*喊叫水在宁夏南部同心县干旱山区。

诗人

桂冠难戴戴荆冠，总为角尖直顶官。
坎坷常磨非己愿，艰辛已贯等闲看。
头虽破矣根基固，节却持兮品格端。
自把精神夸富有，冰心一片傲权钱。

送周毓峰*归故里

游子古稀回故乡，清贫如洗唯诗囊。
从戎曾踏崎岖路，炼狱酸看遍体伤。
有幸风沙锤铁骨，无忧韵律失阳刚。
归根信可华枝发，相会何愁鬓俱霜！

*周毓峰，湖南益阳人，20世纪初参军到宁夏，曾任宁夏诗词学会副会长，1998年回故乡。

有感于儿子考上清华研究生

望子成龙不足羞，名园儿入父消愁。
荷塘月洗尘埃净，背影心铭品德优。
卖铁筹资攻学业，兴华期子献宏猷。
雏鹰展翅飞翔日，方是老夫壮志酬。

陕北民歌信天游

丘壑难能锁自由，信天游里度春秋。
高腔拍岸银河落，悠韵荡云玉露稠。
苦赖浓情融作蜜，野因深爱变成柔。
伴于万里长征路，烽火硝烟化碧流。

一改冬天无绿色*

塞上千冬无绿荫，苍茫气色死沉沉。
老农绿抹荒滩泪，腊月今成变性人。
鸿雁迟来非憾事，春光早育不留痕。
无分季节浑然美，真个江南境界深。

*宁夏永宁县农民引进黄杨，一改塞上冬天无绿色的历史。

“新天府”宁夏*

天府古多称蜀地，而今列入大银川。
岂因旧塞堪驰马，还为新图足傲天。
鱼米香夸全世界，生存美胜旧江南。
安居更欲开深境，笑看城乡种牡丹。

*2008年2月《中国地理杂志》第二期公布全国“新天府”评选终审委员会终审结果，宁夏平原被评为全国十大“新天府”。

七秩晋三感怀

拒绝阎王请我去，偏于塞上做蜗居。
仍磨秃笔写青史，还为吟坛挖石渠。
血压徒升壮士志，思情直逐吞舟鱼。
随心所欲无私念，一意清廉七尺躯。

西气东输

辽阔西陲大气酣，东输海自卷波澜。
帆扬万里晴空净，云散一天彩虹悬。
豪放诗歌开放曲，阳刚美化太平年。
神舟信有回天力，扭转乾坤势必然。

听口技表演

居市犹如面近村，漫听天籁足销魂。
鸡鸣鸟叫真犹假，瀑落泉流假亦真。
妙造自然凭口巧，专攻绝技赖功深。
人通物语灵通世，广宇苍茫多路津。

隆德书画乡

古县从来不患贫，家多书画胜藏金。
崇山秀水中堂展，俊鸟珍禽满屋陈。
翰墨香融尘俗化，人文暖化石头亲。
民风朴在传承里，彩笔勤耕获好春。

塞上生活体验

久居塞上若登山，情势不容片刻闲。
气鼓诚堪临极顶，劲松必可坠深渊。
险峰远望风光好，健步无忧岁月艰。
已贯乡亲怀抱热，根深已不觉风寒。

拜年

谁欲求官鼠串门？诗家互拜意纯真。
联吟新岁春来早，寄托深情感自深。
愁啥知音人世少，贵将友谊腹中珍。
一声祝福千金重，傲对权钱愧叹贫。

二百年老枣树*

久历沧桑叶正繁，满枝剑舞向云天。
挺身吃尽风沙苦，浴火提纯味道甜。
羞向幼林争春色，乐为超市献寸丹。
张扬个性难弯曲，足令青杨俯首看。

*此树在宁夏灵武市。

独立高原看夕阳

独立高原看夕阳，霞融暮色景辉煌。
山添亮色生余热，水泛金光化晚凉。
牛叫清风归自乐，蝉鸣深树调无伤。
和谐曲尽温馨意，漫品新诗入梦乡。

参观宁夏新建博物馆

千载史存一馆中，物丰又见业兴隆。
地埋宝藏堪称富，人斗狂沙足傲穷。
西夏文明光塞上，英雄事迹显奇功。
奔腾不为时空限，乘得东风马化龙。

有感于人嘲我为黄土诗人二首

一

生在农村独爱村，芬芳气息足提神。
污风不染黄肤色，冬季犹看草木春。
时觉心头丰结果，久经世变傲飞尘。
从无失落孤零意，只为土中根扎深。

二

禽飞万丈终归土，气化云霞地是根。
生活何堪离团结，世间谁见有超人？

洋风熏使心灵醉，自信失才耳目昏。
谁见虚荣能结果？到头唯有失真身。

贺自治区成立五十周年

五旬正是日中天，光抹阴云化雪寒。
带露花儿丰结果，向阳门第庆团圆。
机车竞上康庄路，回汉欢歌幸福年。
月上兰山无夜色，奔腾骏马不堪拦。

欢迎海内外名家到塞上

夏已丰收早入仓，金风迎客到回乡。
偏多喜讯传边塞，绝少严霜布晚凉。
小草有欣承好雨，大家无啬赐华章。
适逢区庆阳光灿，热土凭君共插秧。

十一黄金周与家人同游鹤泉湖

鹤泪化泉天地感，浩波墨染色深蓝。
传奇已化长流水，芦荡正扬破浪帆。
拓境银鱼游自乐，清污俊鸟舞翩跹。
蒹葭写就江南曲，漫引春光入画船。

七律·题赠七十九首

题《黄河母亲》塑像

安详静卧史书中，风雨纵横气自雍。
乳哺中华身壮美，恩泽黄土谷丰隆。
负担不语千秋苦，忍辱图谋万世存。
黄色文明期崛起，无殇寿比日月同。

读贺敬之《西去列车的窗口》

常读史诗在梦中，今看西部起飞龙。
相承一脉丹心热，竞创千秋画境宏。
岁月峥嵘今胜昔，情怀浪漫壮而雄。
高岑豪韵添光彩，边塞新风化绿风。

贺中华诗词第八届研讨会在银川召开二首

一

四海诗人聚凤城，兰山顶上灿群星。
黄河润笔描新世，大漠宽胸发正声。
韵集花儿风味美，调谐汽笛彩霞蒸。
高岑魂在应欣慰，边塞吟旗万众擎。

二

凤城韵事涨春潮，宾至山川尽自豪。
鱼米香夸川富有，牛羊蹄奋气矜骄。
同亲风雅疏荒野，共话沧桑颂盛朝。
漫道秋深霜早降，诗情恰似赤霞烧。

奉和老同学彭锡瑞六十寿辰征和诗二首

一

半世坎坷逆境过，身遭劫难未收戈。
长安结伴挥诗笔，塞上同心谱战歌。
我自疾风知劲草，君承重载做橐驼。
老来更见丹心烈，白发如霜奈若何？

二

揖别秦中塞上行，黄河岸上请长缨。
灵州沥血新苗壮，古堡逢春冤案平。
老骥犹存千里志，秋鸿不失一家声。
愧无才气和诗少，珍重友情在晚晴。

题银川市少女雕塑

立身闹市绝尘埃，玉洁冰清仙子胎。
美化时教景秀丽，神凝力引云徘徊。
柔情漫谱和谐曲，爱意常驱寂寞怀。
对此灵魂皆净化，护花生命亦花开。

陪郑伯农、张陵、崔永庆游贺兰山岩画区

结伴郊游好个秋，兰山远迓美全兜。
雄风破雾明佳景，碧水扬波豁亮眸。
细望顽岩呈画册，深思文史傲星洲。
感知生命无穷力，何患江河可断流。

艰苦锤教钢骨硬，深情化使玉珠喷。
为民造福千秋岁，绿色军装染好春。

★为解决六盘山地区人畜饮水困难，驻宁某部给水团奉命开展百井扶贫工程。

致黄怒波*同志

破冰黄水怒波涌，迭起涛声唱大风。
万里长天凭浩荡，一番大业已成功。
宏图展见前程阔，雅韵听看气概雄。
精英非是无情客，时把故园系忆中。

★黄怒波为北京中坤公司董事长，诗人，著有《骆英集》等诗集。

读骆英诗集

黄河涌浪入京城，风雨几番折未停。
健笔描来生异彩，激情溢出发新声。
谁言泥土芬芳失，我觉乡花烂漫呈。
活跃音符堪动魄，诗魂仍系贺兰峰。

诚劝拜余为师青年

我感深情唯实劝，文章今不胜香钱。
与其儒帽耽身事，何若乡村种稻田。
土地无心欺汗水，青春有力换新天。
吾头白雪诚为镜，对照应知一寸丹。

致盐碱改良工作者

一自身为洼地柳，便倾心血润田畴。
青丝久抹荒滩碱，白发深留自己头。
乐以新秧驱寂寞，愧朝逆境叹忧愁。
班交晚辈难离土，仍为丰收献计谋。

赞长征路上给水工程团*

万里长征继有人，扶贫战士抖精神。
水寻死海凭眸识，井出顽岩赖命拼。

致南国支宁儿女

壮别天涯到朔方，手拈红豆不思乡。
根栽大漠心无悔，叶浴阳光蕊自香。
可叹蓬蒿飘远去，剧怜劲草扎深长。
家书每托南飞雁，落款常称小白杨。

大麦地岩画带藏“神龙”*

史前麦地已藏龙，实证铭山信不空。
诚是先民神铄矍，信经磨砺气豪雄。
飞天只待今时候，入海还须点化工。
塞富资源腾有日，啸吟无不震苍穹。

★据新华社银川11月27日专电，岩画专家日前考证，宁夏中卫大麦地岩画遗存一幅“神龙”岩画，属史前岩画，距今已有二至三万年。

夜梦高适、岑参

常读豪歌生切盼，春来相约敞怀谈。
也曾梦里依稀见，但却尊前木讷言。
君树高标余未达，心羞笔秃意描难。
所欣魂共安边塞，步韵还登岭外山。

赞曾杏绯*老人画牡丹

九秩依然画牡丹，彩毫磨断足成千。
不知富贵为何物，只伴清贫学少年。

乐以鬓霜夸世界，羞将粉脂抹容颜。
寂寞权当兴奋剂，奇葩遍育贺兰山。

★曾杏绯，宁夏著名女画家，九十多高龄仍在作画。

有感于宁夏考古发现

谁言塞北总穷荒，考古深知俱宝箱。
水洞沟存远古史，昊王陵布黄金仓。
先民智慧早西地，边塞诗词兴盛唐。
亦有精神夸富有，故余总是爱家乡。

自题小像

早暮皆因个性强，鬓斑为不避风霜。
至今不会和泥水，此后何堪做面汤。
愧把虚名留世界，乐将真意向朝阳。
年年爬格无忧老，富贵于吾若秕糠。

忆自治区成立时林伯渠、董必武来宁夏

同带东风入塞川，诗情共与草芊芊。
先登北塔洒甘雨，复上兰山融雪寒。
黄水因之波浪阔，红花更见露华鲜。
影留各族民心里，长伴彩风向日旋。

与张嵩、虎西山等诗人同游老龙潭

乘得天晴着意游，驱车览胜足风流。
龙潭不是栖身地，虎穴更非歇脚沟。
志在千山甘历险，兴来一意傲封侯。
新诗满路收难尽，装点灵魂竞自由。

非物质文化遗产“花儿”与“口弦”

绝塞古来非死寂，史留文化蕴生机。
花开意底香漫溢，弦奏口腔鸟乱啼。
山水韵滋皆壮美，风情醇化俱神奇。
沧桑变却基因固，岁月无忧冰雪欺。

有感于二十万牡丹落户宁夏

好风送尔入宁川，喜与千花共一班。
独以雍容增美意，时将华贵抹荒颜。
天香酿蜜招蜂采，国色明眸向日鲜。
信有雄风耕热土，深情抚育自成仙。

看宁夏京剧团演出《海上生明月》

月明海上玉波流，京韵铿锵足解愁。
不断乡思难阻隔，常为理想苦追求。
满心盼得团圆日，双手推开破浪舟。
迷雾层层终散尽，江山一统固金瓯。

宁夏诗词学会成立二十周年庆回忆已故宁夏诗友

几度采风共下乡，同敲雅韵傲沙狂。
民生俱在心头系，廉政皆朝意底装。
痛饮杞酒无醉意，深知人世有肮脏。
良辰空见音容在，欣慰骨埋黄土香。

致西夏文专家李范文 *

破译天书寂寞焚，几经劫难遍伤痕。
风沙卌载锤钢骨，正直一身作范文。

锁断关开谜自解，鬓堆雪冷意犹温。
同音典著通千古，莫道知音尚少人。

★李范文，宁夏社科院研究员、名誉院长，著名西夏学专家，著有《西夏同音字典》等。

致老同学杨怀忠*

风华正茂到回乡，五秩时闻汗水香。
勤浇翰墨多增彩，细润秧苗漫吐芳。
情系兴华难割断，志研经学远传扬。
穆斯林里称奇木，足不离兮挺朔方。

★杨怀忠，宁夏社会科学院名誉院长，著名学者。

赠妻子

勤耕校苑已多年，粉笔灰飞鬓角斑。
瘦骨一身肩重任，清风两袖度华年。
穷家最是精神富，蔬菜唯知味道鲜。
堪笑官场名利客，趋炎附势少尊严。

勉宁夏诗友

小草春催才泛青，挺身何必计虚名？
风沙信可锤筋骨，寂寞诚能养性灵。
天道酬勤终有报，浮心损志定无成。
悄然独立成高格，管啥人看重与轻。

喜枸杞参展于广交会

满载枸杞到广州，广交会上广交流。
红颜可染珠江水，优质犹荣五大洲。
盲目信堪增亮色，苦心诚可解忧愁。
赢来美答称豪富，改地换天信自由。

纪念抗日战争胜利六十周年

赤县曾经野兽侵，八年抗战骨嶙峋。
大刀曲发雷霆怒，义勇军威民族魂。
胜利欢呼花甲子，东邻枉有虎狼心。
兴华毋忘前朝耻，碑竖不容落弹痕。

《中华当代边塞诗词精选》编后感赋二首

一

为奏主旋苦用工，南疆北国采雄风。
披沙时见金光闪，拔草犹看秀色浓。
筛出珍珠辉素月，铸成大吕伴黄钟。
强音力促龙腾舞，壮志酬而却不松。

二

无能下海却编书，抛去俗尘意自舒。
目览龙飞情激荡，耳闻风嘲志踌躇。
挑灯好使眸明亮，废寝不教质劣粗。
丑媳公婆终见面，任人论足评头呼。

黄沙古渡评为中国最佳生态休闲旅游胜地

休闲未必到江南，沙涌波涛好荡船。
闪烁金光明极目，悠来古意动吟弦。
云帆漫阅文明史，新月光辉不夜天。
到此心都成净土，精神处处是家园。

贺《中国藏西夏文献》出版

铁证如山证实情，毕昇毕竟有奇能。

巧将活字排书版，妙令木泥生性灵。
灿烂中华文化史，光辉人类好前程。
苍天不负有心客，珠玉何堪厚土封？

宁夏惠农开通陆路口岸

石嘴曾经张大口，吐吞云雾势惊欧。
黄河水写流通史，陆路风催破浪舟。
达海从今非梦幻，航空此后上天都。
银鸥声逐波涛急，民富傲封万户侯。

贺母校平罗中学新校址落成

崛起新黉势壮观，兰山作盾傲霜天。
场宽不阻凌云志，室暖无忧雨雪寒。
现代化圆多日梦，栋梁林出杏花园。
余来不诉儿时苦，只欲回炉炼寸丹。

陪郑德兴*同志登北塔

忙中偷得半天闲，相伴登临远望天。
北国风光呈眼底，清平乐曲绕身边。
兰山雪断形犹壮，黄水冰封意未寒。
信是毛诗情胜火，同于霞照两胸田。

*郑德兴，中国毛泽东诗词研究会秘书长，2006年12月27日来宁参加毛诗研究会成立大会。

出席中华诗词学会第二次全国会员代表大会有感

十七年来鬓已斑，梅开二度亦欣然。
遍看秀木流金翠，时觉新风荡雾烟。
雅韵频传于世界，中华崛起在今天。
满头雪化心偏爽，更欲天山采雪莲。

聆听金炳华报告

莫叹诗词久独寒，世多俗眼等闲看。
东风力报春消息，丽日遍辉百卉园。
急切呼声掀热浪，殷勤期望动吟弦。
已临机遇应抓紧，传世岂无锦绣篇？

诗友重逢

虽然鬓尽冰霜染，但却心灵不觉寒。
相见皆如弥勒佛，和歌俱唱艳阳天。
甘将使命双肩压，羞令余生片刻闲。
真个夕阳无限好，平常心态即诗篇。

庆祝贺敬之同志创作生涯六十五周年暨文集出版

斩棘披荆拓路宽，勤为民众谱新篇。
阳刚美足摧枯朽，豪迈情堪感地天。
代有青年蒙乳哺，心无杂念做丝缠。
丰碑耸立当无愧，可笑蚍蜉枉撼山！

读贺敬之老《风雨问答》

一

风风雨雨几浮沉，非是无能处世昏。
缘为端身持正义，才遭邪气恨忠贞。
谣言无损诗人骨，困苦偏锤民族魂。
不改初衷坚信仰，尘埃落定见丹心。

二

雨雨风风拓路难，崎岖只作等闲看。
求真不畏征途险，守正缘因信念坚。
总以铁肩担道义，时将苦况铸诗篇。
纯情致使冰霜化，不教风摧百卉残。

王震将军的胡子

革命生涯引念深，端从胡子见精神。
葳蕤草绿高原土，劲挺身集百旅军。
挥剑西陲驱鬼魅，戍边热血绘浓春。
森林茂密从根发，情系中华绝俗尘。

有朋友自南方来

鹊报江南来客人，敞胸喜迓进寒门。
茶冲盖碗情浓酽，膝促樽前酒馥芬。
楼上月明添意趣，诗中韵美壮精神。
别时共唱阳关曲，记忆常怀柳色新。

颂欧阳修

太守为官苦不休，栽桃育李傲封侯。
寄情山水同民乐，明道诗文共自由。
本色天然常质洁，醉翁意气总风流。
一亭独立成高格，百代云霞一望收。

读严昭柱美学、文艺学论著《批评无须忏悔》

批评无悔见心公，廿岁时看日月同。
持正难歪分寸步，清污不避顶头风。
揭穿假象金光亮，捍卫真经大气雄。
一柱文坛铮铁骨，腰身只向庶民躬。

贺湖南毛泽东文学院成立

雁自长空报讯来，湖湘挂起兴文牌。
旨承传统开新局，力树雄风育俊才。
厚土深根苗茁壮，青枝绿叶色难衰。
芙蓉国里花常好，遍引春光上九垓。

老来乐

莫言耄耋古来稀，当代诚为小令辞。
未蓄鬓须因世盛，常敲韵律赖情痴。
偏多敬爱温馨意，绝少孤单寂寞思。
犹做顽童谁笑我，大家庭里乐滋滋。

贺中华诗词学会成立二十周年

廿年拓路历艰辛，我亦沧桑见证人。
曾俱白头忧后继，今多黑发慰孤魂。
谁知寂寞熬煎苦，独谱铿锵时代音。
最是园丁功不没，尽呕心血绘浓春。

谢霍松林为《中华当代边塞诗词精选》作序

唐音阁里勤思索，酌句斟词细琢磨。
考证精深诚可信，评论得当未偏颇。
缘因实践知甘苦，赖有公心树典谟。
拙集增光心自慰，雄风起处舞龙蛇。

读丁国成《诗词琐议》

琐议尤为系统论，书生气少富精神。
文章不在长和短，见地全看浅或深。
矢放高标中鹄的，言谈实感动人心。
真情话不掺虚假，有字皆如百炼金。

贺中国新诗学会成立

诗人无术鄙捞钱，情系缪期意自安。
探美堪称生命富，披荆足使道路宽。
清贫化作菠萝蜜，寂寞翻成锦绣篇。
期盼百花开净土，春光烂漫舜尧天。

题韩星明《百联颂英雄》

今多人唱女儿私，说啥英雄已过时。
风府星明难信邪，联坛赤子乐铸辞。
有情彩笔歌豪杰，无欲丹心写史诗。
沥血年来成巨册，丰碑座座展芳姿。

贺全球第六届汉诗研讨会*召开

海外飞鸿报讯来，全球诗会集英才。
弘扬汉粹心同结，力振强音志未衰。
总使文明花怒放，不教人类玉沉埋。
五洲浪竞推新曲，我亦放歌打擂台。

★该会于1995年10月在新加坡召开。

题新加坡新声诗社

岛国临洋大气蒸，和平盛世自嘤鸣。
涛声力伴新音壮，汉粹弘扬大业兴。
韵集龙吟惊四海，调和虎啸震千峰。
高擎一帜风云里，拂亮长空万座星。

呈张济川*先生

公兴汉粹振强音，盛举五洲四海钦。
气贯长虹胸臆阔，情连华夏树根深。
纤夫曲在洋边谱，民族魂朝世俗矜。
史诗揭开新一面，论功自有后来人。

★张济川先生为新加坡新声诗社社长、全球汉诗总会会长。

悼公木良师

陨落星辰信到迟，难禁热泪滴参差。
虽然未立程门雪，却是多吟绝妙词。
大连有幸蒙教诲，塞上无时不忆师。
一曲军歌天地感，寸心常有马奔驰。

悼朱红兵*同志

痛失良师泪雨淋，风云往事忆来亲。
说文乡下灯明亮，谈艺樽前意至深。
时以延河清俗念，常持传统见精神。
弥留之际犹呼我，遗恨余因病在身。

★朱红兵，宁夏文联原名誉主席，著名诗人。

春蚕·李商隐

歌咏春蚕亦做蚕，披风沐雨自清廉。
忧民乐吃风霜苦，爱国恨鞭污吏贪。
难得一生思奋进，虽然多病志刚坚。
情丝到死方抽尽，锦绣诗篇万世传。

兴隆山*题壁

云栖秀聚势壮观，黄土高原碧玉悬。
戟列山峦峰积雪，瀑流泉水谷生烟。
青山逐日涛声急，石洞藏幽景色妍。
曲曲英雄歌壮烈，古来都在口碑传。

*兴隆山历史悠久，据传1227年元太祖成吉思汗攻打西夏时，在此安营指挥。李自成也曾在兴隆山驻兵。

国庆节与在京工作的儿女团聚

黄金节日不思金，乐在京都骨肉亲。
生活温馨儿满意，言行忠孝父称心。
真情谱出和谐曲，华彩光辉白发人。
唯恐污风潜入户，劝儿晚上紧关门。

读艾青《吹号者》

声声嘹亮震长空，火把高擎剑气冲。
奔向太阳驱夜色，拓宽生路展雄风。
长征不畏征途远，勇士哪堪志气松？
号角频频催脚步，更朝心纪促腾龙。

读郭沫若《女神》

卓越风姿总不群，飞天意象富精神。
自由岂可陈规束，创造堪为世代尊。
爱施人生医痼疾，光辉革命耀古今。
复兴华夏犹呼尔，文运昌时国运新。

与诗词对话

选择于君终不悔，虽然憔悴鬓毛衰。
无污净土欣生息，有害权钱愧自追。
寂寞煎熬成好句，芬芳沁润胜新醅。
共同命运拴蚂蚱，相惜何须论是非？

赠高锐*同志

昔日戍边在朔方，并于兰岭顶沙狂。
将军本色松青翠，词客豪情气昂扬。
韵步高岑诗壮美，剑穿云雾日辉煌。
京城一别犹思塞，一次讯传诗一章。

*高锐，曾任宁夏军区司令员、区党委第二书记，后调任中国人民解放军军事学院院长。

读张怀武同志的抗日战争论著

纷纭战事总横论，爱憎分明见赤心。
端自史书增卓识，每从实证见精神。
力磨文骨铮铮响，破解疑难步步深。
莫道乌云能蔽日，浩然正气扫妖氛。

与儿秦岭夫妇
参观奥运场馆鸟巢

众鸟高飞余到晚，巢留逸韵动吟弦。
奇能设计堪夸世，大笔构描足傲天。
云探秘方翻古意，人游胜景为休闲。
归来自觉心清爽，梦里依稀变少年。

与老友潘振声*十七年后重逢塞上

秋日重逢在朔方，酒酿化去两头霜。
童音仍满江河水，彩袋新装锦绣章。
忆昔振声君碌碌，思今令我意惶惶。
沧桑岁月堪回首，相会均加百度纲。

*潘振声，著名儿童作曲家，1958年宁夏回族自治区成立，支宁从上海来到银川，曾任宁夏回族自治区音协主席、文联副主席。1991年回南京，2008年9月应宁夏回族自治区邀请回宁参加大庆。

示儿

朔方子做北京人，使命千钧压一身。
曾让清华池里水，浇过意底旧沙尘。
应知净土羞污染，莫忘人生愧乱真。
质本洁来还洁去，父虽晚岁亦安心。

有感于欢庆改革年夜宴

相庆弹冠夜未阑，依然酒宴尽情餐。
醉人不晓灾家苦，狂态只因媚语甜。
拳划惊风还悸月，席残剩饭仍盈盘。
何时改去饕餮习，北斗问天天不言。

观奥运有感

世事惟推奥运公，夺魁全部靠真功。
久磨宝剑锋生亮，苦练寒梅味香浓。
力转乾坤摧腐朽，美呈和谐促繁荣。
全民竞技堪兴国，幸福花开果不空。

残奥会有感

生命昂扬体不残，虽然肢损亦飞天。
夺金一样称精彩，破纪同堪震寰宇。
全因意志深含铁，只为信心挺作山。
奇迹花开丰结果，香飘球际靖烽烟。

孙中山

难医国病入膏肓，反帝先望奔走忙。
抗逆无忧身处险，结盟唯望力兴邦。
铁拳击碎皇家梦，伟绩光辉日月乡。
遗嘱同胞齐努力，还将民革大旗扬。

悼老同学彭锡瑞

长安求学未能忘，共育新花在朔方。
君历劫波增硬度，韵歌春色入华章。
为人师表常常忆，埋骨兰山石久香。
潇湘子去黄泉路，依旧魂牵两故乡。

悼石天*老二首

一

历尽烽烟入塞川，延安松挺贺兰山。
披沙艺苑培新秀，沥血吟坛见寸丹。
抱朴身清风月白，倡廉心洁海天蓝。
文星陨落强音起，直促黄河卷巨澜。

二

石破天惊感塞川，余悲学会断吟弦。
诗成学会凭君力，力拓征途见境宽。
薪火传时身俱病，壮苗扶起鬓皆斑。

黄泉一去无遗恨，托梦于吾防倒寒。

★石天，革命老前辈，生前为宁夏文联名誉主席，是宁夏诗词学会创始人与领导人。

读新疆诗人星汉《天山韵语》

天山有幸育诗人，韵语呢喃燕报春。
情激消融高岭雪，声强催茂大森林。
凭多蜜意甜风俗，绝少灰尘蚀寸心。
相济刚柔真个美，问源牧笛指高岑。

慢赶紧追终不及，唯将诗画满心装。

七律·行记四十五首

遥望楼兰

断壁颓垣咒野蛮，伐檀终使古城残。
明珠不复丝途缀，伟绩应从史册看。
岁启良知应植树，时逢新纪岂偷闲。
葱茏草木描生态，再现楼兰更壮观。

回顾受降城 *

盛唐旧迹渺无影，世变沧桑断壁平。
胡马归山弓自尽，绿林漫地鸟争鸣。
长缨仍舞毛乌素，新纪还需受降城。
缚得苍龙低下首，人生怎不保安宁？

★受降城相传在古灵州城外二十里处。

过油田看钻井有感

井喷玉液成珠串，余感动时犹汗颜。
机钻能穿岩石厚，余思难破旧规顽。
想来只为心浮躁，别后还须业细研。
塞富原油加足力，灵魂深处采诗篇。

三十年后重访白芨沟林场

卅年重访起沧桑，辉煌不见旧凄凉。
白芨交班林舞剑，黄沙披甲草生香。
身居公寓员工乐，道拓远方场长忙。

范家大院做客

乘兴山前看胜境，范家院里浴村风。
佐餐满桌多文化，野菜盈盘少血腥。
阿庆嫂勤生意好，门前树绿鸟声轻。
似言不若归来也，觅韵何如自在鸣。

秋过古灵州 *

驱车直过古灵州，唐韵流光共枣收。
受降城皆人缚虎，汉沿渠俱道流油。
肃宗梦断春深处，农户魂销白玉楼。
过此情如黄水激，历史文明一望收。

★古灵州即今宁夏灵武市。

银湖观鱼

湖边静坐不知秋，乐看群鱼竞自由。
跃体皆为投箭矢，穿梭俱似织丝绸。
水晶宫美难收尽，世俗尘污不可留。
我愧堂堂男子汉，竟然难与力争游。

芦花飞雪

芦花飞雪正秋时，北国风光俱好诗。
柳絮纷纷飞旷野，蚕娘碌碌吐银丝。
玉颜漫把云霞染，雅韵全凭雨露滋。
浑若村姑无约束，自由来去展芳姿。

遥看大漠小甲虫

装甲车行大漠中，无声犹觉炮声隆。

高温千度难融化，沙浪万层易畅通。
艰险砺看生命丽，平庸蚀觉岁华空。
一行足迹长虹挂，力引老身上顶峰。

居塞

久沐沙尘未染尘，暮年倍爱柳色新。
千番云雾徒遮眼，半世风波枉劫身。
忍向艰难勤砺志，羞为欲念苦争春。
吟诗不觉头先白，还欲登山去拿云。

出塞

久居塞上若蜗牛，一出关门便自由。
山外登峰添活力，海中戏浪觉风流。
频来讯息开心窍，每有高人启智谋。
阔地犹堪明望眼，余生乐唱信天游。

雪天游二首

一

冬至天公遍撒银，不思拾为富精神。
畅游北国风光美，直入晶宫气象新。
乱玉声宏堪入耳，碎琼质洁未沾尘。
心透亮兮清爽极，诗仙步引我狂吟。

二

谁道雪飞天气凉，北方无雪不风光。
琼铺大漠沙尘静，玉裹群楼气宇昂。
乡市清污凭借力，诗词敲韵自成行。
兴来我与银蛇舞，收拾美文任说狂。

穿过沙尘暴

沙尘扬起世昏昏，路遇行人不识人。
闻道语声情切切，望时迷雾色沉沉。
反思因愚滥耕地，痛感良知半染尘。
天降报应应记取，从今莫做毁林人。

草原

美胜蓝天引蝶旋，血凝劲草挺腰杆。
风云不减长清色，岁月时添锦绣颜。
一代天骄驰战马，千秋史册颂雕鞍。
从今野火羞重起，常驻春光不计年。

爬山歌

爬山歌似信天游，唱上高峰不掉头。
力破风云抒浩气，身披星月绘神州。
有情草木新天种，无意芳踪归地留。
生命诚为音符活，飞扬不尽美全收。

观壶口瀑布

黄龙吞吐力排空，百万刘邦唱大风。
声似鸣雷惊闪电，势如破竹振喑聋。
翻江不许鲨鱼阻，倒海堪教礁石松。
民族精神何处觅？淋漓尽致瀑流东。

谒黄帝陵

黄帝陵前三鞠躬，心香一瓣敬先宗。
开天始令龙飞舞，劈地方教草木葱。
宏伟德功昭永日，浩然正气贯长虹。
儿孙不叹飘蓬苦，厚土根深欣向荣。

鸿门宴

宴散鸿门余到晚，独听传说笑迂顽。
霸王只为沽名誉，机会登时失面前。
历史深堪铭教训，是非哪可浅评谈。
人民革命真豪杰，穷寇不除不放鞭。

望江南

穿沙沐雪上兰山，望断江南路万千。
甘雨纷纷吸肺腑，鲜花朵朵移心田。
为能予塞消饥渴，直欲将身做海绵。
逐日春潮来势急，雁归北国久栖安。

莫高窟

久锁关门景色凉，一从开放便辉煌。
风吹洞窟阴消净，日照迷宫壁吐光。
仕女飞天风采美，琵琶动地早潮狂。
登高须把莫高改，低处岂堪放眼量。

重访延安

芳林秀木盖荒丘，圣地新添白玉楼。
宝塔山高擎碧落，延河水激荡银舟。
时看蜂蝶花丛舞，少见尘埃市上留。
敬之有诗难相和★，吟声伴我信天游。

★当代诗人贺敬之作《回延安》。

瞻仰杨家岭革命领袖故居

俱是寻常百姓家，都曾合力种桑麻。
金黄小米生香味，纯净延河泡绿茶。
门敞朴风吹习习，神凝铁笔响沙沙。
我来只为求真理，沐得光辉意绽花。

枣园

红枣满呈纪念馆，织成赤帜舞高原。
久经霜染容颜美，尽为糖凝味道甜。
自是燎原星火旺，还如待客寸心丹。
我今满载深播种，不使兰山风雪寒。

遍听陕北民歌

不为行程寂寞忧，山歌引得鸟啾啾。
激情浑似江河水，想象全如破浪舟。
米酒香醇千岭醉，羊群欢乐众声讴。
伴于一曲清平乐，草木听来乐点头。

舟停江中望屈原祠

茫茫雨雾锁清江，伫立舟中望屈堂。
静院深关松滴翠，闲云漫绕石生光。
风吹木叶响声急，我度诗人吟诵忙。
《桔颂》一篇肝胆照，千秋铁骨有余香。

访问杜甫草堂

白鹭黄鹂去不还，草堂满布是诗篇。
郁郁青松描至境，悠悠古意忆前贤。
近看广厦摩天起，远见河山抹秀颜。
诗圣魂应无寂寞，遗诗童子竞相传。

吟毕昇

书生未可忘功臣，活字版排排苦辛。
印刷刷新文化史，智能能过西方人。

木生灵性传薪火，泥显精神见慧心。
世有发明千万种，根源毕氏信为真。

骊山遇仙桥

客行谷里遇仙人，石拱桥横若竖琴。
相奏清平歌盛世，独为逆境指迷津。
水流无复回头路，志达能穿铁板门。
景美神宫难比拟，一朝闻道足销魂。

蚕娘——咏南京

江南最美是蚕娘，汗水时挥陌上桑。
漫吐丝绸铺世界，常将丽日做勋章。
天堂自在胸前绣，理想每从手下量。
远去驼铃夸伟绩，辛勤忘却凤求凰。

黄山

左看苍翠右葱茏，叠嶂重峦锦绣中。
春驻四时诗意美，景呈百态画情浓。
光明顶见阳光灿，迎客松挺气度雄。
一自归来羞看岳，黄山确是万山崇。

黄山日出

黄山日出足辉煌，辐射光芒向万方。
金镀苍穹天有幸，绿燃火焰叶无伤。
银花满树流芳韵，翠鸟盈空变凤凰。
真个光明仙境界，游人何欲上天堂？

春城昆明

无冰无雪无炎夏，终岁城中尽绽花。
风溢清香薰客醉，果流蜜汁令人夸。
葱茏翠染红泥土，烂漫金萦碧玉霞。
枯木栽来皆展叶，久居亦不想归家。

白族姑娘

身带滇池苍岭雪，胸怀意造太阳神。
衣多白色心镶玉，貌尽仙姿曲滚金。
惯以歌声寻爱侣，誓为致富斩荆榛。
香包巧绣灵魂美，只赠英雄不敬神。

渣滓洞沉思

秋雨秋风伴客行，滓渣洞使众心惊。
人间虽唱清平乐，魔窟犹闻鬼蜮声。
弹裹糖衣背后射，窝朝睡眠下方营。
时闻先烈敲钟急，莫让灵魂醉舞厅。

登黄鹤楼

辞去朔方风雪后，追踪黄鹤喜登楼。
直听牧笛催梅绽，正与游人解旅愁。
崔颢难将诗尽写，今人亦可美全收。
黄鹤归期终有日，江山一统好行舟。

吟青檀

根扎石中直挺胸，青檀傲岸气豪雄。
千年不倒铮铮骨，万世犹存猎猎风。
龙向苍穹腾旷远，凤朝旭日舞深宏。
檀郎俱是钟情汉，爱极人生总不空。

又登庐山

火云过后绿依然，又见银河落九天。
追忆常怀彭大帅，细思难做太平官。
悬崖作证心犹赤，斑竹测量志未弯。
历史新添峰一座，攀登何必叹艰难。

石钟寺

奇石嶙峋自发声，轰然万壑走雷霆。
激情浪拍云崖暖，雅韵波冲雾色明。
天籁难磨源气正，禅心彻悟赖精诚。
警钟不许人沉醉，为有贪官浊世清。

烟水亭

交融烟水色空蒙，传说周郎不见踪。
天下三分谁得利，金瓯一统国增荣。
浑然一镜照人世，美哉满心登玉宫。
圣洁心存堪发电，更思驾雾逐飞龙。

观鸥飞

征途行进力将衰，小憩湖庭鸥即来。
展翅邀余同起舞，放声唱曲共抒怀。
飞禽亦爱天然美，词客何忧命运乖。
欲共腾飞谁笑我，自由心态莫疑猜。

白鹿洞书院

洞中虽已鹿全无，却见深藏俱圣书。
朱子音容犹在耳，文章道德正回炉。
常留狐狸娘传说，暗喻真情意不孤。
人欲如堪天理灭，除非海竭石头枯。

吟上海

一自镰刀斧共鸣，便听长夜响雷霆。
工潮血洗浦江泪，烈士光辉希望星。
从此南湖船驶速，至今四海浪推平。
高楼信似丰碑立，国有明珠气纵横。

紫荆花前留影

星旗代替米旗升，灿烂阳光分外明。
留影花前增异彩，挺身海畔若长城。
看香水再难污染，觉紫荆而气骨清。
欲与青松肩并立，同为宝港作云屏。

参观北京当代文学馆

一馆星辰光灿烂，大师风采照长天。
百花齐放浓春色，万籁同鸣感大千。
圣水清尘心净化，宝书启智力频添。
精神火炬高擎起，华夏复兴岂叹难？

七律·七秩感怀十首

一

谁言七十古来稀，当代诚为小令词。
春化鬓霜身不老，诗盈囊袋力难疲。
还朝征路敲平仄，不与虚荣比高低。
务实心如平静水，属于生命没归期。

二

回眸半世苦犹甜，为将汗水洒吟园。
虽经霜雪头斑白，却看征途脚印端。
只喜新花芬塞土，无忧生命近黄泉。
身存余热还生电，纵是病魔死死缠。

三

久历风沙怕进门，空巢冷寂总寒心。
愧曾书本求功利，苦被虚名损自身。
世路多坑难踊跃，家庭少爱不温馨。
人生史册从头读，悟道无知日已昏。

四

难磨个性仍张扬，为有陈规捆脊梁。
新纪更呼驰战马，老来岂可做绵羊？
有棱免受强权压，无角难逃巧佞伤。
我素我行难扭曲，不平刀助没商量。

五

纵然棱角不容磨，但剩青筋裸不窝。
蚀脸老年斑不少，傲它鬓角雪偏多。
羞朝酒肆歌厅醉，乐向书山艺海过。
净化灵魂神自静，唯思人活究如何。

六

久历艰辛未恨生，老年偏作少年行。
漫游书海勤充电，远涉春山漫寄情。
自有精神夸富有，绝无俗念逐虚荣。
任凭人作阿Q说，一笑当如耳际风。

七

忙中偷得半天闲，去读山川锦绣篇。
水洗心灵存洁质，光辉信念去污斑。
自然与我和谐处，风景入诗意念安。
信是人生真境界，老心跃跃亦童年。

八

问友访亲胜读书，乡情教我人之初。
温馨火炕融情暖，烂漫花园唤意苏。
又拾新诗盈卷夹，还看前景展宏图。
黄昏不做黄粱梦，探美农村信正途。

九

古稀何事暗伤神？愧对儿孙尽孝心。
哺乳妻多忙旦暮，育苗我少费辛勤。
每从书本求功利，常忘自身做范文。
悔恨深堪留教训，余生当以力施仁。

十

时尚文明余亦追，休言老去鬓毛衰。
但忧庸俗成趋势，更患无知倒是非。
守正甘当传统派，持真愧做缩头龟。
无污世界须勤扫，步韵时歌松竹梅。

七律·苦吟七首

一

恨未黉门学咏哦，童年时代任空过。
唯将田野当书本，未解诗经是什么。
天籁陶冶顽不化，心扉闭塞气难勃。
崎岖韵路多风险，今仍未曾爬上坡。

二

悟道黄昏时已近，苦吟紫塞少新声。
攻胸急火犹焦额，失意忧云总抑情。
辙恨月移敲一掌，常将烟伴到三更。
信知有害任由之，谁教天生性不灵。

三

废寝不觉气清寒，戛玉方知格律严。
情破闸门潮流急，梦生灵感意腾欢。
醒来挥笔忙追捕，失去电光顿黯然。
妻笑神经病又发，和衣复睡难成眠。

四

饭菜妻情两放凉，不由笔墨染羹汤。
痴呆足令怜居笑，欢喜偏知韵味香。
意绝急功深境界，志超俗念始刚强。
自然成习终难改，哪管谁人笑我狂。

五

为诗熬得悴容颜，面颊削成两座山。
明镜羞余惊子女，宽衣松带傲艰难。
婆娑枝叶情根发，烂漫心思韵脚缠。
不倒身还松柏挺，任它沙暴狠抽鞭。

六

敲韵破房难破缚，春风为我指迷途。
院门冲出心胸阔，乡路走时感觉殊。
喜向源头汲活水，羞思昔日缩蜗庐。
新诗遍地随心拾，挑战风云岂服输？

七

语不惊人死不休，高标老杜树前头。
平庸已贯伤生命，创造方堪竞上游。
对月投标标自远，低眉探美美难收。
欢欣总在追求日，捻断千须意自悠。

天籁乐教心意静，沙尘难令激情消。
梅花三弄浓春色，引得湖河夜涨潮。

七律·农村新曲八首

村貌

绿抹老农额头沟，银波洗去眼中愁。
千年赋减腰身挺，万顷春播意气牛。
折储健康期奉献，力攻科学夺丰收。
夯基实不唯家固，更为中华兴大楼。

村戏

夜阑珠露湿衣衫，好戏连台看不完。
墙上藤缠情切切，树间掌鼓意绵绵。
声呼不觉雷鸣远，手拍无知巴掌酸。
新月弯成眉一道，笑看人竟夜耕田。

皮影

纸幕拉成风景线，连台好戏乐童年。
牛皮影舞风雷激，干板声驱雨雪寒。
寂寞融于灯彩里，欢腾泻向夜阑前。
温馨岁月甜甜梦，绝艺谁言世不传?

泥箫

抟块黄泥捏作箫，横吹仙乐入云霄。
调声呜咽思孤苦，韵律悠扬慰寂寥。

村选

新月一弯挂作镰，清辉照耀选村官。
铁牛挺直钢身子，亲手抛开贿赂钱。
心记掌声肩重任，面迎沙暴上荒山。
乡来代表真无奈，苦叹今朝变了天。

春日郊行

严冬熬过自心清，邀友赏春郊外行。
草泛青青难忍踏，心思郁郁易伤痛。
新苗时共儿孙长，旧习应同岁月更。
绿染田园图画美，爱心不可令尘蒙。

农村留守村童

独守家乡意不寒，羞将涕泪湿衣衫。
闲教爷姥歌新曲，忙伴草人护大田。
甘雨润滋苗茁壮，暖风编织梦团圆。
燕衔春讯归来日，同唱丰收两意欢。

博士服务团到山村

鸡鸣塞上渴求贤，博士团来住进山。
先向乡亲掏肺腑，复朝峡谷探资源。
智教土豆成金豆，技改荒田变水田。
丰产犹教生态美，尽将敬意致高参。

七律·自然美讴歌十一首

春风二首

一

好个精灵破冷门,融冰化雪不留痕。
才催小草茸茸绿,又抹盐湖寸寸银。
杨柳枝条呈喜乐,诗词韵里送温馨。
柔中亦显阳刚美,形隐却觉富精神。

二

轻手敲门有响声,出迎拂面感温情。
追踪雪化波流急,扫地尘飞气转晴。
送得瘟神随水逝,催将杨柳及时青。
今春何以增威力,只为村多草木兵。

春水

风打闸门万马奔,追雷赤足发青音。
沟渠只可指方向,条框何堪束自身。
信是自由无锁绊,诚然画镜不留痕。
田园解渴天增彩,韵律空灵亦富神。

立春

风催积雪未曾停,乡路已欢脚步声。
鸟唱檐头迎日出,汗挥陌上助苗生。
从今绿为流行色,随后金翻谷浪峰。
春立阳光根自固,何忧暴雨与狂风。

春雪

伴随细雨朔方来,非为阳春唱对台。
沙暴扬空须洗洁,蛰虫吐毒赖消灾。
虽知身子随时化,却引花儿次第开。
降得暖流高血压,清风爽快漫抒怀。

化雪时刻

天断银纱日自升,金花迷眼脑偏醒。
全无玉殒怅惆意,却有风清激越情。
水湿荒原成烙饼,田充渴腹待春耕。
种播此刻时方好,僵化脑瓜亦水灵。

布谷

此鸟谁言不误时,近年总是到迟迟。
只依皇历催播谷,不晓新村换旧旗。
耕退荒坡栽秀木,林还秃岭展芳姿。
劝君莫唱前朝曲,布绿好歌绝妙词。

冬至

我正怀秋未转身,雪花先已急敲门。
才看黄水冰凌结,又见兰山鹿兔奔。
陌上车飞新舞蹈,城中客赞富乡村。
老来不作闲情赋,也向寒冬夺好春。

谷雨

信有真情期献谷,纷来田野润如酥。

新绿盈枝滋叶发，旧凉断气看形无。
纵眸满是朦胧美，触手皆为玉露珠。
燕子斜穿帘内外，丰收酒酿夏之初。

立秋

暑消此日信佳期，季节构思熟透时。
景自辉煌圆好梦，风呈清爽启良知。
叶黄未必生机减，霜白堪教爱意痴。
俱待高粱新酿酒，芳香不咏断肠诗。

清明时节重回乡

沧桑土屋变砖房，依旧门开向太阳。
墙挂辣椒红胜火，室留土炕热衷肠。
乡音未改亲人乐，讯息传看喜气泱。
彻夜温馨游子梦，不知窗外月如霜。

七律·新农村叙事十二首

金子心

春日挖渠喜运临，一坛元宝出尘封。
无心私占因家富，有意交公守性真。
谁笑老农傻过分，哪知品格纯于金。
朴风本自乡村起，时尚徒然带雨浑。

家祭

蜡亮香浓瓜果芬，居家齐跪意深沉。
隔窗星月偷偷看，依桌狗猫细细闻。
赋减农民交好运，心轻佛祖祭先人。
古风未减应欣慰，不醉儿孙更创新。

婚庆

婚礼未行雀已啾，早迎霞彩聚村头。
客来八面齐恭贺，主对千金尽拒收。
为富敛财诚耻辱，脱贫超俗信风流。
鲜花足使新风爽，连理枝轻万户侯。

看电影

村戏散而放电影，陪看仍是满天星。
突来一阵暴风雨，登布满堤抢险兵。
银幕英雄皆样板，战场老少俱威风。
自编自演抗洪剧，主角皆为田舍翁。

见天鹅受伤

羽断天鹅院外沉，老农忙抱进家门。
无心贪吃唐僧肉，有意医疗带血痕。
清水洗过重返白，热情哺时已回春。
放飞不待晨风起，目送长空直入云。

订单

订单喜送家门口，一纸合同化万愁。
农产畅销大世界，财源满灌朝阳沟。
愿将诚信为根本，不欲和谐断线头。
重任荷肩眠不得，乘风直欲力登楼。

老村长

力辞官位荐青年，马上相扶加一鞭。
关节仍朝风雨响，繁文还自细微删。
俏丽花开圆好梦，芬芳酒戒醉心田。
清风两袖存廉洁，常读乡村创业篇。

顶婚

姑娘死不嫁他人，除却巫山不是云。
独爱村中千里马，哪贪老板万箱金。
汽车枉以喇叭逼，心意直将厚土亲。
花好月圆成婚日，田园满席待嘉宾。

攻关

为接春光早入原，冬攻电脑傲冰寒。
公交晚点开双脚，暴雪严封亮寸丹。
鞋破血流羞怯步，峰高力尽奋登攀。
农家事俱关天下，讯息蜂拥非等闲。

田园大餐

春风不再叹饥年，今日田园设大餐。
苗绿花红颜色美，风柔雨嫩味新鲜。
有湖皆酿香槟酒，无地不留雁宿滩。
难醉只因蛙鼓响，紧催脚步力登山。

午间小憩

婆娑枝叶遮阴凉，姐妹闲聊聚一邦。
陈谷无鲜言说少，新苗有望话题长。
和谐俱为家常事，环保急如续命汤。
最是村风拉不断，起晌争相下地忙。

年味

期盼酿成味道浓，引回游子共飞觥。
团圆傲对上弦月，温馨漠视顶头风。
梦里祖宗同叙旧，村前小伙共腾龙。
春姑不许心沉醉，敲起鼓锣令气纵。

七律·京华杂吟七首

初识逢先知老

曾叹志同人已稀，却从文献识先知。
相逢一席掏心话，受益三春雨露滋。
逢老未磨爱国志，余年犹举毛诗旗。
雄关漫道虽如铁，确信勤攻力不疲。

参观鲁迅故居

尘埃未染旧时居，仍见先生力不疲。
烟戒深呼时代气，笔耕力写激情诗。
羞因美誉迷望眼，难为污风息战旗。
案上沙沙春雨洒，诚然播种是佳期。

夏夜漫游长安街

辉煌夜市任余行，时有清风活性灵。
鱼贯车争高速度，川流人竞漫抒情。
华灯注目皆行礼，新月疑心俱陨星。
身入晶宫心自爽，归来梦亦觉安宁。

人民大学静园速写

藤萝绕屋伴松青，幽静唯闻鸟语声。
树下书生勤采蜜，花前稚子懒追星。
浓香不使心灵醉，联想时随神六升。
学海书山风景异，身临也欲学龙腾。

瞻成仿吾、吴玉章塑像

公学办成大学堂★，巨人挺仍写华章。
衣襟还带清风爽，鬓发犹飘泥土香。
力以高标时指向，常垂典范砺兴邦。
青松郁郁堪欣慰，辈出新人俱栋梁。

★中国人民大学前身为陕北公学。

10 月 5 日晚友谊宾馆聚餐

逾期生日无遗憾，儿女补过月仍圆。
友谊厅宽儿敬孝，青春气爽父开颜。
真情足比琼浆美，晚岁何忧寂寞煎？
留影松前心相印，华灯入梦俱诗篇。

有感于女儿家宽堂大屋

儿女初成白领人，锦衣美食自称心。
但忧室少诗书味，唯恐思多世俗尘。
易被浮云遮望眼，难知精业在于勤。
别时一语期牢记，胸有文章抵万金。

七律·秦皇岛行吟四首

雨中看北戴河

身依河口面临海，扑岸涛声带韵来。
沙软如同柔美语，湖平宛似日光台。
净心不许红尘染，惬意无忧细雨筛。
时有银鸥呼日出，胸怀亮觉百花开。

雨中登观海厅

极目沧溟浪拍天，绵绵秋雨漫挥钱。
无思拾取因心富，有意游来为志酣。
鱼跳龙门奔止境，笔将激浪入诗笺。
浑身净爽频添力，直欲腾飞荡雾烟。

老龙头

微风细雨看龙头，万里长城一望收。
山海关长燕岭壮，石河水激余波柔。
敌台高筑坚防卫，墩拔突兀启智谋。
昔日辉煌虽可喜，新天还必力追求。

长城起点

乘得老龙西部来，同身入海乐开怀。
胸襟万里容天下，激浪千层荡积埃。
心有阳光何患雨，意无杂念直登台。
龙头昂起神飞舞，跨越时空志不衰。

七律·域外风光六首

但丁故居

故居犹见岁寒心，情系家乡意念深。
逐善无知炼狱苦，求真岂患破财贫。
得来灵感成神曲，传作史诗启后人。
名共星辰辉万代，引余到此觅精魂。

比萨柱刻中国龙

比萨风光举世闻，华龙玉刻见精神。
首昂不减炎黄志，尾摆堪驱碧落云。
与四河雕成一体，经千载迓四时春。
中西足见交融早，俗子才将界限分。

登巴黎埃菲尔铁塔

拔地摩天骨自峋，登临放眼望乾坤。
风来八处云烟淡，景缩一盘面目真。
交汇五洲寰宇小，相融万物气象浑。
全球一体成新局，文化何堪划界分？

游塞纳河

碧水穿城景色幽，摩天两岸俱高楼。
卢浮宫口人流急，圣母院前鸽子稠。
钟韵悠扬风远送，灯光明亮美全收。
豪华中见蓬头客，贫富悬殊鬼亦愁。

罗马斗兽场

颓垣断壁证从前，人兽相拼壮且惨。
奴隶丧生鲜血溅，皇家欢叫笑声传。
杯中美酒融酸泪，幕后奸商赚大钱。
遗迹长留惊世界，文明不许野蛮还。

华人家中饮茶

异域优游身觉乏，提神唯有故园茶。
半杯即可全消渴，满意浑如早到家。
温馨母语驱寂寞，充实胸田产蜜瓜。
痛饮同胞皆爱国，深情世代系中华。

七律·重走长征路(外三首)

井冈红米延安枣，一路尝来尽蜜桃。
只为长征驱险阻，才将苦涩化醇醪。
沿途细读英雄史，劈径还操斩棘刀。
再拓新程千万里，壮夫哪叹路迢遥？

井冈竹

翠竹经年已长高，不堪伐取作笙箫。
旗杆血铸千金贵，基地头铺万代牢。
指路全能通止境，攻关俱可做尖刀。
总将劲节教身挺，更把浓春着意描。

杜鹃花

百卉丛中最富情，迎游尽自献丹诚。
羞言血浸千般苦，乐浴春来八面风。
珠露皆为欢喜泪，英姿俱是大红灯。
痴心直守长征路，潇洒香飘新里程。

红军帽

红星缀顶光辉闪，曾伴英雄力改天。
头戴无忧风雨苦，身行未叹远征难。
彻教心目明灯亮，时看前途大海宽。
挺立皆如华表美，头昂直似铁旗杆。

七律·重访西安有感(外三首)

旧地重游倍觉亲,当年学友仍精神。
头尽霜堆无冷意,身皆气正有余温。
寻师雁塔高风爽,留影霸桥柳色新。
数日时间隧道里,采诗盈袋足长吟。

晚游雁塔公园

夹道诗林引客游,大唐光景美难收。
门开八面新风爽,塔耸九天秀色稠。
历代文明相际会,满排词曲颂春秋。
早来雁报春消息,正铸辉煌耀九州。

曲江吟

曲江恰似九回肠,诗化古都韵味长。
一十三朝留胜迹,百千万众乐未央。
畅通文脉波流急,难抑生机日溢煌。
痛饮醇醪心欲醉,但看鱼竞气昂扬。

白居易塑像前留影

影留非是恋虚名,只为诗翁启愚蒙。
身并信堪听实话,心交彻可感真情。
秦中吟事从头写,晚岁光阴不自封。
坎坷途程豪迈步,不遗余力唱民生。

七律·武汉吟草四首

登黄鹤楼忆毛泽东

伟人壮岁此方游，长夜挺身觅自由。
意未飘然追鹤去，气先磅礴反潮流。
龟蛇难锁英雄志，烟雨枉遮日月眸。
一首新词传永世，春光随之度神州。

访毛泽东农运讲习所故居

我从希望田园至，吃水不忘挖井人。
一自甘霖华夏洒，便看长夜曙光新。
改天合举农奴戟，斗地同为主力军。
世变沧桑龙凤舞，农讲所里慰英魂。

汉江与长江交汇处轮上观夜景

华灯灿烂煮江涛，轮上景观胜碧霄。
旋转乾坤浑不觉，纷飞意象总难描。
凭多光化忧心事，绝少俗污美味肴。
欲带波涛千万顷，漫将塞上旱全消。

再会诗友张永健*先生

一别银川近六年，相逢师大正秋天。
君头也已银霜白，健体仍如铁板坚。
全为毛诗增活力，辄将卓识导青年。
明年再度兰山会，应带江涛洗塞天。

*张永健，诗人、诗歌评论家，华中师大博士生导师，中国新文学学会常务副会长。

七律·南阳三首

魅力南阳

南阳信是太阳乡，早有辉煌胜汉唐。
先楚已开兴业史，古原遍建米粮川。
白河织锦镶碧玉，彩石光天引凤凰。
水秀山清诗画里，金秋竞自吐芬芳。

武侯祠

森森松柏啸涛声，诚为史诗颂孔明。
曾展雄才扶汉室，未存私念辱忠诚。
出师表见丹心谱，入世途抒不了情。
代有重臣无计数，如君几个永留名？

谒医圣张仲景墓

千里寻医入圣门，百年人去感精神。
崇高德入文明史，精湛艺传后辈人。
中药力扬深济世，国魂强健力回春。
一尊白玉英雄像，总为兴华树信心。

鹧鸪天十四首

倒春寒

未料天公忽变脸，青苗一夜俱头焉。村民各自高昂首，嘲笑严冬赖不还。

勤点火，漫生烟，频挥汗水作温泉。蒸腾热气云霞美，尽唱花儿与少年。

南飞雁

——写在长征胜利七十周年

十月黄金季节催，人形雁阵向南飞。早春讯息先期报，七秩韶光后紧追。

花烂漫，彩云堆，忠魂笑语若轻雷。蜂拥勤采香甜蜜，乐奏清平知是谁。

参观宁夏邮政博物馆

历史风云眼底呈，当年烽火记犹清。崎岖塞路苦班马，寂寞光阴伤急情。

高速路，达神京，频播春讯遍乡城。馆留岁月增豪气，跨越天山事竟成。

织锦

田绣春光色色绸，入户还将彩线抽。昔日公婆多苦难，今朝生活少忧愁。

应尽孝，莫添忧，织成锦绣著风流。和谐曲唱家庭暖，岁月温馨到百头。

服装展览

春夏秋冬集一身，缤纷色彩足销魂，阿娜翠柳随风舞，飘逸仙姿入眼亲。

丝路展，境深沉，韵声流出俱清音。伴于燕唱江南曲，靓丽青春赛女神。

贺兰山军营一瞥

衣抹荒滩春自深，只因此驻绿林军。诚然俱是金刚铸，若不何经烈火焚？

羞烈日，傲沙尘，激情俱似玉泉喷。高空洗出天蓝色，常照不磨赤子心。

公园冰雕

北国风光今最好，新人新景出冰雕。玉砌晶宫龙乐舞，琼堆峰岭色难消。

灯闪烁，耀重霄，银光共与月同皎。清廉世界应如是，不许污尘染寸毫。

黄河魂

天上流来向海奔，冰雪难封赤子心。九曲欢浇黄土地，千回苦绘绿杨村。

情急切，意深沉，时从咆哮显精神。刚柔相济浑然美，泽惠民生不叹辛。

贺兰山峰岭

林削兰峰锯齿平，苍天无复碎心疼。愁云遍抹红霞布，丽日升腾暖有情。

光辐射，气清明，漫坡草木舞春风。浑然一体和谐美，流韵皆如鸣百灵。

著罢长篇传记小说《梅花开了杏花红》有感

生也艰难写亦苦，五年光景始成书。真情烫肺时倾友，老病缠身日秃颅。

灯熬尽，纸长铺，挥毫夜夜仍如初。梅花妻子同相伴，只觉温馨不觉孤。

鹧鸪天·咏荷

——贺澳门回归祖国

雨打风摧四百年，荷残镜海声志犹坚。虽然藕断盈酸泪，但却丝连忆故园。

圆好梦，在今天，回归国土色方妍。芳香飘向台湾岛，无限春光燕翅穿。

将台会师

跨隘攻关气势雄，千山万水跃长龙。三军师会西吉县，万杆旗挥边塞风。

从此后，炮声隆，频传捷报建奇功。山丹簇簇常思忆，梦里时时见彩虹。

土豆变金豆

自古朔方多土豆，个中满结是穷愁。农家命运浑如此，茹苦含辛不计秋。

春力促，智登楼。颗颗金蛋誉全球。财源滚滚黄河水，富得光阴流出油。

赞汶川抗震救灾英雄

艰难时刻，方显英雄色。血火路，从头越。受灾民苦极，献爱情真切。争不见，神兵十万蛟龙跃。

奋力刀山过，甘洒浑身血。排障碍，深挖掘。任凭余震急，无患山崩裂。凝众志，长城共筑攻难破。

词三首

打工回来

打工城市，甚辛苦，从无一刻停歇。拼命挣钱腰袋鼓，分厘皆凝心血。岁末回家，年关献爱，一片真情切。酒烟俱戒，更羞豪赌夸阔。

先向双亲赠衣，再行治病，十里寻医药。怀抱肩背披险阻，火急火燎心裂。为报深恩，刀山敢上，踏得冰河破，农家致富，孝经心上深刻。

江城子·春节远方儿归

空巢不再觉凄凉，燕归来，带春光，寂寞消融，举室乐泱泱。纵使降温零度下，情热切，化冰霜。

温馨气息溢芬芳。敬琼浆，视安康，忘却当年，命运共悲伤。为国富强光景好，团圆月，日辉煌。

阅海湖（自度词）

阅海湖，塞上新开户。阅海观澜双目明，羞忆昨天闭塞苦。目光看不远，只见自家门前路。说啥黄河富宁夏，不知塞外海天殊。夜郎国里沉沉梦，坐井观天一线粗。不是关门开，悲剧难结束。

阅海洋，时时有收获。大千世界真精彩，锦涛绣浪入天都。风清阳光丽，并于爽气清肺腑。洗尽沙尘胸臆阔，心潮逐浪共龙舞。兰山也跨新世纪，康庄道远不堪阻。湖城生态美，力以生命护。

赋六篇

贺兰雪

——献给宁夏解放五十周年

兰山终岁雪，峻岭纨素裹。深壑玉填盈尺厚，高峰银砌势磅礴。塞上雪雕山川壮，尘埃洗尽气爽洁。雪峰犹如屏幕悬，历史风云演不断。兰山骏马奔腾急，回汉胼胝跨征鞍，逐世追时总不息，马蹄印出俱诗篇。君不见水洞沟前留脚印，丝绸古道踏歌行。元昊马上挥战刀，削尽山头架通桥。辉煌业创边陲地，西夏文明足自豪；怎不见成吉思汗弯弓射大雕，声威远震称天骄。英雄尽浴贺兰雪，操守坚贞如钢铁。贺兰雪照贺兰月，相映生辉亮色多。共谱光明歌一曲，同描塞北江南好景色。山巅积雪松青翠，山下牛羊如云朵。山外黄河天际流，万家水户织锦绣。稻香鱼肥瓜果鲜，山川俱是米粮川。秋来芦花飞白雪，高梁葵藿如火烈。冬季山川盖雪被，风光四季阳刚美。陶冶英豪千万代，不教胡马过关来！

噫吁唏！塞边几度青峰暗，沙暴蔽天天不蓝。雾锁千峦无丽日，风摧万木尽荒颜。黎民泪尽沙尘里，盼望光明年夏年。盼得红军过六盘，赤旗扬起乌云散，燎原烈火融冰雪，乐奏清平感山河。山花烂漫送亲人，力缚苍龙传捷音。六盘月映贺兰雪，照得回汉心亮彻。飞雪迎得春复来，万民谁不喜盈腮？史诗力写新篇章，自治区成大业昌。巧借东风披乱棘，欣承雨露育新秧。五湖四海支宁夏，无悔青春向太阳。适逢改革出新局，力启关门引凤凰。致富脱贫身手显，频传消息雁陈忙。路通乡镇车轮疾，电吐玉珠日月煌。草木遍栽腾格里，沙魔缚在新时期。兴宁科技奠基业，除旱高原引碧波。雪浪千堆拥翠流，山川连岁获丰收。物质精神双文明，“花儿少年”难尽兴。双眸雪洗明如电，放眼征途路尚远，重任压肩志强健，履痕征路铭誓言：未拔穷根志不松，不到长城非好汉。

我是朔方一株禾，儿时就爱兰山雪。雪洗双眼心明亮，雪启情思意气昂。诗魂雪滤少尘埃，脚步总朝大道迈。人生无雪不精神，岁月雪光兆吉辰。我爱兰山雪，掬来鬓角抹。心情气亦淳，生命自欣欣。为描中华塞上春，甘与雪共白头吟！

爬坡

减赋羞贪热被窝，即起黎明忙套牛。羊圈粪多金子贵，进山何惧爬高坡？虽然雪暴西风烈，但有浓情红似火。路滑犹堪练脚板，艰难莫道不许过。不许过？也要过，节不饶人人赶节。倾市反哺饥渴解，良机天赐岂错过？三农正是攻关日，农户自应树楷模。

爬啊爬，人隆肌腱马奋蹄，劲力都如羽箭射。暴花鞭响驱雷电，雪片碎飞若飞蛾。一次滑倒一爬起，挺身又是山一座。创业史坚凌云志，新蓝图教致富歌。

紧绷琴弦松不得，松套只属囊家伙。爬啊爬，晴天总在风雪后，道阔总因勇开拓。不给工业拖后腿，只为强国固基业。爬啊爬，爬过一坡一希望，拉回春色及时播。丰收曲唱自年年，丽日常挂心窝窝。

慈母泪

——为世界母亲节而作

清明时节雨菲菲，依稀总忆慈母泪。泪在儿时常润我，那时我是淘气鬼。每天总惹麻烦事，常使母亲心生悲。悲我不争男儿气，恨铁不能成钢胚。儿是娘心一块肉，娘不忍心棒子锤。泪是真情虽不语，却堪教我辨是非。余学乖时娘高兴，顿将悲泪化喜泪。泪为奖我花朵朵，芬芳却不令心醉。

慈母泪，真情汇，酸甜合为美滋味。晶莹美玉无瑕疵，映出母亲心灵美。宁为儿女操作粉，但却不为强暴碎。感我最为上学时，风雨如晦伴巨雷。慈母泪为壮行酒，醉煞银针带线飞。密密缝衣衣合体，细细纳鞋邦底实。岳母刺字娘赐教，学成勤为民办事。儿行千里母忧心，鱼雁捎书字字亲。不诉苦累信苦辛，只言父老长精神。为余祈福祝平安，可怜天下父母心！莫道人生风雪紧，母心俱似梅报春。我因母报春消息，紧把时间碎成粉。中年出道报春晖，母去黄泉难再回。独留荒冢兰山下，黄土垒成没字碑。此后年年清明节，扫墓总忆慈母泪。

慈母泪引我泪流，半悲半喜半是忧。悲我未报舐犊情，喜为春来母愿酬。绿染穷乡山川翠，母亲灵在应欣慰。所忧只为沙尘暴，总给人心布上灰。荣辱不分是非淆，骗人时有假冒伪。不少爱心落陷阱，温馨家室濒于危。夫妻离散子女苦，犯罪不晓愧与悔。社会病多安可治？良药首推慈母泪。

慈母泪，是圣水，史书流出文化味。莫言江海波涛阔，都为母亲泪水汇。慈母泪纯如玉液，可解饥渴清心肺。海可枯，石堪烂，慈母泪珠不断线。长流水浇儿心田，生命花开朵朵鲜。俱若女娲五彩石，补天自使星光灿。灿烂都如慈母梦，梦萦春秋沧桑变。慈母泪，金子贵，并于春雨润芳菲。润滑油润心和谐，伴于机轮展翅飞。世多慈母泪多情，情因母泪自丰盈。儿孙不忘慈母泪，生存世代总温馨。

塞上路

塞上路曾沙子铺，条条伸向云深处。浑如羽箭射天狼，峻岭险峰难遏阻。自古西风逞霸道，荒凉满布令心怵。一自卫青马踏后，便看西域变通途。丝绸远展天增彩，花雨纷纷润物苏。驼铃响彻关山月，友谊树栽道不孤。公主和亲安边塞，胡笳曲曲感肺腑。

塞上路，穿云雾，边民热肠从不污。真情直诉远来客，热切浑如火万炉。紧系高原黄土地，甘为历史荷重负。不断缘因鲜血凝，坚固只为埋忠骨。长征又翻新一页，万丈长缨任卷抒。苍龙缚就牛羊乐，新纪又展八阵图。久锁关门开放时，机轮转似鹰燕舞。西来列车载春雨，润草滋花织锦服。

塞上路，五彩路，柏油铺就阳光镀。美色迎来蜂采蜜，不醉人争高速度。塞路与吾共命运，一生都走离却无。同经风雨历坎坷，不磨个性任属吾。生命花开朝阳里，江山娇美尽情抒。余生仍做铺路石，死亦魂为护路符。

书蠹赋

——写在世界读书日

夏日，一场大病住进医院，不得读书心自不宁。病愈出院路过市场，欲购书而不见，问之反遭俗子嘲笑："当今读书无用，愧你还做书蠹"。世态炎凉，不禁感慨系之。归来随作此赋。

繁华闹市却无书，绿女红男抢购物。物欲横流浊浪涌，谁人嘲我是书蠹？笑而不语忙回家，翻书共与蠹儿读。小书蠹，微生物，卑微短视难以睹。却是黉门真学子，钻在书中不肯出。咬文嚼字醉书香，只爱读书不损书。抱朴全无猖狂态，专注神情我不如。儿时乍读心驰马，直追天际云霞舞。继之对书生邪念，幻想中有黄金屋。还想真有如玉颜，神仙赐我千钟粟。一度还因虚荣惑，放弃书而奔仕途。只为脚轻根不稳，几番碰壁何其苦。无可奈何回正道，书蠹教我从头读。一身为我作范文，才将干扰力排除。苦读春秋与旦暮，焚书之日深受辱。桂冠未戴戴荆冠，老九心灰如碱土。只恨儒冠误我身，欲学刘项不读书。相同命运蠹不馁，隐身术隐读禁书。我待春来甘雨降，死去良知才复苏。但已满头霜雪压，攻书每觉力不足。有情有义小书蠹，总以精神将我扶。直到黄昏鸟飞去，又帮我驱空巢孤。还伴书山报岭登，远离乌烟和尘俗。为此我曾忘食寝，几度瘦成皮包骨。妻儿不忍心俱疼，都劝我莫做书蠹。听之任之全不管，依然还与蠹为伍。共把精神家园守，羞将生命作虚度。敢向世人夸富有，奉献何堪待价沽？我爱小书蠹，情深同手足。共唱人生读书歌，书蠹宛若活音符。直向高标树新风，扫荡沙尘力清污。墨吏对之无颜色，只因腹内无诗书。唯多欲火烧心肺，沉湎酒色时空度。民瘼置之后脑稍，贪污终使身败腐。井市不识本真色，反将书生往黑涂。对此老心忧国运，为正视听作此赋。但愿世多书卷气，力鼓龙凤广天舞。

给水团

——献给宁夏回族自治区五十周年大庆

塞上古来奇缺水，旱原火烧一望灰。大漠经年成死海，恐龙绝命生态危。僵化戈壁如铁硬，为求活命喊叫水。水！水！水！水！水！水！喊破嗓门喊破嘴。苍天无情地无语，悲悼亡魂亦无泪。史书大写一字穷，宿命唯其认倒霉。但又天无绝人路，为着生存志不灰。春来党派给水团，俱是长征新一辈。使命肩荷勇蹈火，扎营死海斗旱魃。披热风，破沙围，火焰山上去复回。绿衣俱是芭蕉扇，直向火魔显神威。生命禁区一一闯，誓为民找活命水。火烧肉烂皮焦裂，苦极全无半点悔。目光穿透白垩纪，水纹图依理想绘。钻机伴志穿铁透，牙关咬得风沙碎。力扶井架朝天立，巍巍俱是里程碑。深井有情喷珠玉，喜泪相伴浪花飞。水浇烈土开颜笑，水绘蓝图接翠微。水煮生活甜似蜜，水润干花声滴翠。水洗垢面娇若玉，水迎远客胜新醅。水育百业皆兴旺，水祭亡魂心自慰。吃水不忘掘井人，同为亲人举酒杯。

怎不记四十年前老团长，为找甘泉心操碎。远别妻儿相见难，鹊桥空对相思泪。心焦塞上喊水急，唯托飞鸿捎信回。待到回乡风物异，娇儿已入少先队。不识亲爹真面目，相逢却问你是谁？怎不记高工为绘水纹图，险峰跌下骨粉碎。争时不语疼痛苦，病床虽暖愧安睡。青灯夜照微机亮，充电无知朔风吹。倒转银河难转意，直到报晓鸡声催。

怎不见小兵刚穿绿军装，即刻争取上战场。蹈火远征毛乌素，婚期推后急煞娘。谁知三载噩耗传，阿妹救灾身已亡。才向新坟添上土，即含酸泪回上岗。怎不见老兵服役期已满，依依不肯离沙场。终极朔方埋忠骨，芳流生恋二故乡。怎不闻，黄昏雀闹军营门，争争吵吵是何因？原是北村老村长，为谢战士给水恩。送来红包三千元，却遭谢绝自伤心。战士只领深情意，军民鱼水深又亲。

常相忆，冬至夜晚，包水饺，慰劳战士功勋高。面包肉馅又包心，战士同包手艺巧。美味同尝非忘酒，深情足以胜醇醪。穷未脱光何可醉，任重还必攀高标。清醒听得人喊水，脚步又朝赤道跑。

给水团，英雄团，团员俱是铁旗杆。旗擎西北高原上，碑竖中华崛起年。铭文皆是丹心谱，更有口碑向世传。长征战士今仍在，历史丰功抹却难。

评　论

诗词和谐与社会和谐

构建和谐社会，不仅政治、经济、文化、生态文明建设等方面要发挥作用，作为社会人情感反映的诗词，也应该通过自身和谐美的建设发挥积极作用。

或许有人会说，诗词本是我国语言文学中具有高度和谐美的古老种类，有必要再提和谐美建议吗？有，这是因为诗词（包括理论）自身的和谐美学属性是一回事，诗人能不能达到和谐的理想目标则是另一回事；而且诗词不是孤立的，是社会文化系统中的一个子系统，与社会发展是互动关系，能否达到与社会和谐又是另一回事。

诗词事业是多方位、多层次的复杂有机的美学系统。从宏观上说，是诗词事业与时代社会要求的和谐。从微观上说，既是内容与形式的和谐，又是内容与形式诸因素的和谐。内容上是题材与主题、思想与情感的和谐，即主旋律与多样化的和谐。形式上是意象、组合方式、语言（语音、语义、语法、修辞、音韵）美以及风格流派的和谐。同时也是创作过程中智、情、意的和谐。总的来说，又是内容与形式、主观与客观、理论与实践、诗人和谐心境所描绘的艺术境界的和谐统一。微观的和谐对促进诗的整体和谐，整体和谐对促进社会精神的和谐都有着积极作用。

和谐是美。这是中外古今哲学家和美学家的共识。但和谐非无矛盾、无差异。毕达哥拉斯说“和谐是杂多统一”“不协调因素的协调”，即马克思主义哲学所说的“对立统一”，我国孔子所说的“和则一、一则多”，毛泽东同志《在延安文艺座谈会上的讲话》中说到的“平衡”。平衡是各种因素相互促进、重新整合，协调、有序地发展。

我国的诗词与音乐一体，诗为乐心：“乐者，天地之和也”，“与天地同和”，“反人道之和也”，“声成文，谓之乐”（《礼记·乐记》）。一句话，诗教育人要和谐社会。富有音乐美的传统诗词，能给人审美愉悦，故为广大人民所喜闻乐见，并在社会发展过程中发挥着重要作用。在艰苦年代，使人民心灵得到慰藉；在斗争年代，给人民以理想意志和鼓舞。人民因之精神富足、永远乐观。“声音之道与政通，治世之音，安以乐，其政和；乱世之音怨切怒，其政乖，亡国之音哀以思，其民困”（《礼记·乐记》）。这是从社会角度来说，诗词和谐美可以陶冶爱国情操，提高人民素质，成为保持社会安定、团结的精神法宝。

但和谐非一成不变。“文随世变”，“文章与时因革”，“诗之体以代出”（姚华《开金堂类稿》），即是说一个时代有一个时代的诗词。“时进既殊，物景既出，心随物转。新裁斯出，事际一变，则文成一体“（姚华《开金堂类稿》）。就是说，不同时代、社会有不同的审美要求；不同诗人有不同的审美经验与个性。诗词的和谐美永远是不断创新、追求平衡的审美结果。我国诗词产生的基础是古代封建社会、农业经济和古汉语。它的意象美、音韵美，尤其是它的近体格律美，总是与那个时代人们的社会生活、思想情感息息相关、和谐一致。到了近代，随着社会生活的变化、现代汉语的推广，它的局限性越来越明显，老化的语言、过分严格的格律与现实的矛盾越来越突出，无法表现如郭沫若当年那样似火山爆发的方式反映中华民族反帝反封建，争取科学民主的思想情感。

新时期，随着改革开放和现代化建设，诗词事业蓬勃发展。中华诗词学会成立，《中华诗词》创刊，大力提倡诗教，为推动诗词繁荣做了大量卓有成效的工作。随着《中华诗词发展纲要》的贯彻实施，旧韵得以改革，新韵得以推广，诗词队伍迅速扩大，不断推出新人，诗词质量日益提高，开展了各种诗词研讨、竞赛活动，不断有精品推出，诗词的社会功能全面发挥，影响也日益扩大。诗词不仅向人们证明了“乐可以善人心”（《礼记·乐记》），而且有着“兴、观、群、怨”的社会作用，在满足广大人民群众审美需求、构建和谐心灵的同时，也有力地促进了海峡两岸和世界华人的情感交流。但在市场经济时代，随着商品经济大潮的冲击，物质满足而精神失落，科技飞升而文明滑坡，人心浮躁，焦灼忧虑，作为具有和谐美、中华先进文化精髓的诗词，更应该以自身和谐美的优势，净化心灵，稳定社会，迎接经济全球化、西方文化的挑战，在增强民族自尊心与自信心，振奋民族精神方面作出应有贡献。这既是构建和谐社会的要求，也是诗词建设自身新的和谐美的需求。

诗词和谐美是诗词现代化的标志。努力推动中华诗词和谐美的建设、发展与实施精品战略的目标是一致的。和谐永远是精品必备的美学品格。经典诗词的广泛传诵、万人争读，《中华诗词》发行量的猛增及《中华诗词十年作品选》的畅销，都有力地证明。和谐优美的当代中华诗词在现代化建设中的作用是无可限量的。

但也不可否认，当前诗词不论创作还是理论研究、批评，整体系统与构建和谐社会的要求还有不小的差距，即有不和谐的地方，且自身也有不和谐之处。总的表现为，平庸作品多，精品少，从创作倾向上讲，泥古多于创新，雷同化严重，有个性的创作少。写政治题材，尤其是节日诗，大都概念化、标语口号化，理胜于情，思想大于形象。有的同新诗一样，也受西方现代派文艺思潮的影响，不反映社会火热生活，远离政治、淡化意识形态，大量诗词趋向边缘化、私语化，一味抒发小圈子或一己情怀，对国家民族命运缺乏人文关怀，对现代化建设中的新生事物缺乏敏感和热情。表现手法上，因缺乏深刻思想和激越情感而显得浅薄苍白。描写上，形大于神，“实境”大于“造境”，即王国维所说的“理想境界”：“有境界则自成高格。”而无境界自然就是低格。相当多的人还以文为诗、意象老化、语言陈旧、想象干瘪。从创作方法上看，则缺乏富有想象、理想、气势磅礴的浪漫主义诗篇。所有这些都是缺乏和谐美和精品意识的表现，也是诗人使命感和责任感不强的表现，深层次的原因，则是艺术惰性与惯性使然，更多的是急功近利、心态浮躁。理论界对此也缺乏深入的研究和具体分析，更缺乏高屋建瓴、实事求是、切中肯綮的艺术批评。正如古人所说，“谈其书，不知其人”（《孟子》），“平而不均，则理失其真，理之失也，由于贵古而贱今”（北齐·刘昼《刘子》），“阿私所为，爱乐忘丑、或心知或亲串……其声价逢人说项，极口揄扬，美则牵合归之，疵则宛转掩之”（清·薛雪《一瓢诗论》）。也正如《中华诗词》2005年第四期卷首语所指出的：“要么一味赞扬，捧着天上；要么一贯抹杀，按之入地，既无益诗词创作，又无助于诗界团结。”

另外发展也不平衡。从地域方面来说，中原东南沿海强于西北边陲；大城市胜于乡镇；西藏、青海本是诗的沃土，但至今尚没有诗词组织，这是与西部大开发很不相称的。创作队伍年龄也偏大，青年人数不多，力量薄弱。这也是诗词未能大范围普及的原因之一。

以上这些因素，既不利于诗词事业和谐美建设和作用的全面发挥，也不利于和谐社会的构建，反而降低了诗词的美学品格和审美作用，还在社会上造成了负面影响。这也正是目前，作为国粹的诗词至今还没有引起政府有关部门和社会普遍重视的基本原因。

为了适应构建和谐社会的需要，建设诗词新的美学生态系统，诗词事业要大力促进和谐美建设。

第一，要解放思想，树立马克思主义价值观、审美观以及以人为本、平衡协调的科学发展观，即诗词新的崇高和谐美理念。在贯彻“为社会主义服务，为人民服务”方向和“百花齐放、百家争鸣”“推陈出新、古为今用”方针时，与广大人民的利益保持一致，提倡贴近时代、贴近社会、贴近生活，真实地反映中华民族的情感历程、丰富多彩的心灵世界。这样的诗词才是崇高的，也才具有与时代一致的和谐美，才可以成为广大人民美味的优质精神食粮。

那种认为“美只是有意味的形式”的“纯审美”“纯美感”的观念是不科学的，客观上也是不存在的。美是自然与社会精神的形象反映，创作是审美意识形态的反映。美当然要有“意味”，诗就是要有“诗味”“韵味”，但却忘了“意味”中的“意”就是思想意义与价值。有意义的味道才是最美的味道，反之则味同嚼蜡。由于我们时代的社会生活无不渗透着政治意识和情感，诗词创作就必然要以政治为背景、为灵魂。这样的作品才真实，才必然是崇高的。诗与社会理想一致的和谐美，是当代诗词的基本美学品格，也是生命力的体现和前途所在。

第二，大力加强诗教，促进诗词普及，让诗词走进校园，努力解决诗词事业发展和社会发展的关系问题。

第三，要努力实施精品战略，这是建设和谐美诗词事业的根本任务。既要打造创作精品，又要打造理论精品。精品的出现非易事，要克服过滥现象，建立长效奖励机制，以奖励终身奉献代替一首诗词获得奖金过多的失衡现象。打造精品既要精心组织、领导，又要一丝不苟地精心创作。评奖工作也是重要的一环。

第四，要大力改进和加强诗词美学理论研究与批评。《中华诗词》近年做了大量工作，但还不够；要克服全国诗词理论研究与批评中的急功近利、就事论事，或以诗词经验交流活动代替学术研究的倾向。但这种研究，必须深入细致，批评不良创作倾向时也必须出自公心，不能“阿私所好，爱乐望丑”，要实事求是，连同评奖一样，要公平、公正、公开。要克服哪个地方出钱就倾向哪里锦上添花的“富人情结”；谁官大就研讨谁的诗的“高端视角”。理论研究、批评是科学，要求真务实。研究既要挖掘古典诗词意象、意境、神韵等美学思想中的民主性精华，又要剔除其封建糟粕；要有鲜明的时代精神、深厚的历史底蕴，体现诗词文化的先进性，找到在新时代背景下传统与现代的结合点；在提倡一种方向时，也要纠正另一种倾向；要集中力量分门别类地研究正在形成、或已经形成的风格、流派。《中华诗词》已经开始研究“三友诗派”，这是好的开头。但应该看到如今不论南方与北方，都已逐步形成了或阴柔、或豪放、或如司空图《诗品》中所说的众多美学品格的诗词。它们都不乏代表人物，且都与历史上的诗派有渊源。认真研究具有爱国主义情怀和豪放阳刚美的当代西部及边塞诗词创作经验，对促进我国诗词沿着刚柔相济的美学轨道健康发展、重振中华民族精神雄风，具有深远的意义。

第五，要以科学的发展观为指导，采取更为具体实际的措施贯彻《中华诗词发展纲要》，实施精品战略。中华诗词应明确定位于当代，可以借鉴古代诗词的艺术经验，但不可以以古挤今、分散精力。

第六，要总揽全局，有序地协调各种关系和各种诗词因素，分阶段、有步骤地推进诗词均衡发展。发展中求平衡，平衡中求发展。勇于支持创新，创新会促进新的和谐发展。要理顺各种关系，尤其是方方面面的社会关系。“作诗功夫在诗外。”做好诗内功夫与诗外功夫和谐的大文章，具体来说，就是要理顺协调好七个方面的关系：

一要理顺中华诗词学会内部及与地方诗词组织的关系；地方诗词组织也要理顺与会员的关系，以加强诗词队伍的团结。中华诗词学会新的领导班子团结，要做整个诗词界团结的表率，要尊重地方诗词组织的意见。

二要协调好中国港、澳、台以及国外华人的关系，不仅是个人，更是诗词组织的关系。要不分门户、等级、亲疏、政治、宗教，唯诗词是举。在向海峡两岸及世界华人传播中华诗词、进行友好交流中扩大中华诗词的影响。

三要协调好与书画、楹联、音乐、民歌等姊妹艺术的关系。像它们那样积极主动参与社会实践，并吸收其艺术营养，重新恢复与树立诗的领衔与精神统帅地位。

四要协调与新诗的关系，这实际上是与青年的关系。学习青年诗人创作的锐气、个性和新诗的表现手法，以自身的优势影响新诗向民族化方向发展，逐步扩大诗词在青少年中的影响，既赢得读者，又争取作者，也为自身注入新鲜血液、青春活力。要更多地吸引新诗理论家参与诗词学术研究，以开阔诗词界的视野，提高诗词美学品位。

五要协调好和民族地区的文化关系。民族地区因幅员辽阔、山川壮丽，风情浓郁、淳朴，生活与文化艺术多姿多彩。诗词吸收其优长自可增强魅力。大力培养少数民族作者，能扩大中华诗词的影响，增进民族团结。

六要协调好与各级文化教育主管部门的关系。目前不少行政部门不重视诗词，但主动争取其支持则是诗词组织的责任。一味怨天尤人，或坐以待、听天由命的态度是消极的，也是无补于世的。相信只要发挥主观能动性，就会把可能变为现实。

七要协调诗词与企业的关系。社会主义企业的活力原本是诗的元素。诗词家不要自视清高，穷清高不足取，要食人间烟火，要放下无用的架子，学会与企业联动，必要时也可以为企业文化含金量高的名牌“广而告之”，让创造与创造结伴同行，走向艺术市场。发展诗词产业，让经济成为诗词艺术宫殿坚实的基础。

诗的和谐美，来自诗人心灵的和谐。构建社会和谐既是对诗词事业的挑战，也为诗词事业发展带来机遇。诗人们必先协调、理顺自己与自己的关系，既要甘于寂寞，又要积极入世，抓住机遇，迎接挑战，以理想与实践统一的和谐心境，促进诗与社会和谐发展，创造无愧于时代艺术境界的和谐史诗。

2005年6月2日于银川若园书屋

略谈诗词创作个性

当代诗词在不断推出精品的同时也出现大量平庸之作，这是正常的。认真总结正反两方面的经验教训，就会发现个性是连带两个方面的关键词。

个性即《文化雕龙·体性篇》中所说的性。体是风格，性即为个性，是风格的特征。个性通常指一个人在一定社会环境和教育影响下形成的稳定的独特性格、气质、兴趣，哲学上讲，就是特色，文学上用黑格尔的话，就是“这一个”。从诗词总的方面来讲，就是“这一个”时代的诗不同于那一个时代的诗，“这一个”地区的诗不同于那一个地区的诗。从个体来讲，就是“这一个”风格不同于那一个风格，“这一个”人的诗不同于那一个人的诗。个性是包括诗词在内所有文学必备的品格，尤其是精品必备的品格。个性化就是个性功能在创作过程的全部显现。

一部中国诗词史，不论古代还是现代当代，都是鲜明的个性史。仅以唐代来说，诗人群星灿烂，一人一个性，各自有特色。飘逸豪放的李白不同于沉郁顿挫的杜甫，直率平易的白居易不同于婉约蕴藉的李商隐，而他们都又不同于清丽如画的田园诗人王维。现代浪漫主义诗人郭沫若不同于冷凝如火种的鲁迅，鲁迅也不同于激情如红烛燃烧的闻一多和军号嘹亮的田汉。气吞寰宇的毛泽东则开一代雄风，姿态更为俏丽挺拔，正所谓“独领风骚”。总之，他们都姿态不同。司空图的《诗品》把诗的风格总结为二十四品，其实每品又都有各自不同的风格。不同是差异，差异是个性存在的前提，也形成创作风格的多样性。一种诗的风格是一枝姿态独俏的花朵，共同显示诗歌园地百花齐放、万紫千红的烂漫春光。

作为言志抒情、心灵自由之声诗的个性化，形象地说就是诗人用自己的声音歌唱时代。只有歌唱时代，其声才是时代多声部交响合唱中音色最美、最活跃的音符，才能与时代脉搏合拍共振。唯有如此，其声才洪亮、和谐、有力，引起人们的共鸣，并有振聋发聩的感人力量和审美功能。

时代脉搏是人民的呼吸，生存的愿望，自强不息、奋发图强的精神，是主旋律与多样性的统一。当代时代精神的主旋律就是敢于改革开放，排除万难，争取现代化建设胜利；就是自尊、自信、自主创新的英雄主义精神。这也是孕育和催发个性的厚土雄风。多样性就是乡情、亲情、友情、爱情以及山水田园情、花鸟自然情。一切健康有益、美好的事物都蕴含着时代精神，都是个性钻探的矿物资源，同时个性才能体现出来。时代精神永远与生活一样丰富，而个性只有表现时代精神时，才有存在的价值，才能成为自由心灵的声音。离开时代精神的共性，片面强调个性自由，只能是不自由，必然与时代格格不入、碰壁受挫。当代边缘化诗人离开时代主流，躲进象牙塔，孤芳自赏，自说自话，或用"下半身写作"，都自以为张扬了个性，实际上却丧失了个性，其声都是与时代不和谐的噪音。这样的诗人被人民冷淡、唾弃是自作自受。

个性本质是生命创造精神。个性因反映时代精神而充满生命活力。正如美国诗人阿瑞所说的："伟大的诗歌所体现（和包括，引者注）的内容，是更为广泛，具有普遍性的意义。有时，一个诗人的作品会包含整个人类的存在。"（《诗歌与审美过程》）

个性对创作之所以重要，是因为它意味着创新。创新才有特色，特色标志创新。越有特色，越有新鲜美感。创新不仅是形式，而且包括思想情感内容，是内容与形式的和谐统一。个性创作也是以独特的艺术视觉对时代作独特观察，对美的独特发现，并以独特意象营造和语言描绘的艺术境界，吸引、感染读者。用通俗的话说，个性创作就是用自己的眼睛看世界，"我手写我心"。这样写出的作品，才真实自然，不装腔作势，才能体现不同作者的不同生活经验、文化思想修养和气质、兴趣，才有多样化创作风格。当代诗人中博学而饱经沧桑的臧克家，长期从事教育文化工作、学者型的诗人刘征，饱经挫折、诗风冷峻的李汝沦，自幼参加革命、富有阳刚之气的诗人杨金亭，中年诗人中思路开阔、以哲思见长的杨逸明和熊东敖，机智幽默的西部汉子星汉……他们也都是风格独特的诗人。同是边塞诗人，星汉对天山情有独钟，才有写出天山风情之美的《天山韵语》。凌朝祥因时刻不忘农垦战士身份，描写军垦生活的诗才充满浩然正气，更以动人的传奇引人入胜。部队词人王子江的诗富有军旅特色，他的《牧边歌》赋予边塞诗既美且新的牧歌情调。诗词园地正因有多个不同个性的创作，才显示出时代精神的光辉和真实的繁荣景象。

个性化的本质是人性化，以人为本是个性化的根本。人的生命宝贵，自然不被扭曲，诗文因自然才有真情实感流露，而情感总是具体的。

"情与景合而有诗，廊庙有廊庙至之情景，江湖有江湖之情景，缁衣有缁衣之情景，情真景真，从而形之咏歌，其词必正。"（《归庄集》）清人黄子云也说：

"一日有一日之情，一日有一日之景。""作为诗，若能随境兴怀、因题着句，则景无不真、情无不诚实……"（《野鸿诗词》）诚实就是忠于生活的实在感受，个性因诚实才不被功利诱惑扭曲，迎合世俗，艺术的触角才能伸到真情深处，个性的棱角才能穿透板结思维，传统观念和习惯势力的包围，释放激情，放飞想象，喷出情感的岩浆，又能吸取源头活水，酿造真情美酒，周而复始地满足人民群众多方面的审美需要。大量概念化的平庸之作则是个性的缺失，不少政治题材节日诗和颂歌便是这样。它们都因缺失个性而陷入一般化抽象的理念、概念化说教。

这当然不是说所有社会政治抒情诗和颂歌都是或必然是概念化的，都不可以入诗。我们时代的政治事是现代化建设，是关系国家民族命运的大局，渗透社会生活的方方面面，是诗的灵魂，应该歌颂。不同时代都有不同颂歌。社会主义时代自然要歌颂党领导各族人民改天换地的丰功伟绩，这种颂歌本质是歌颂人民自己。诗当然可以不直接写政治，但应以政治为背景、灵魂。只要忠于自己的感受，有真情实感，任何题材都可以写出好诗。伟大史诗必然有社会政治内容，当代政治抒情诗中有个性的好诗不少，贺敬之、郭小川的诗就是其中的佼佼者。再比如歌颂党的诗，有大量一般化、公式化的，也有《唱支山歌给党听》这样以一首从山区农民的切身经历、感受、口吻唱出的对党——母亲真情的爱。

写英雄人物的诗大多离不开豪言壮语，写革命女英雄刘胡兰的不少也是这样，大都毫不例外地从概念写她的生平实际，多加"生的伟大，死的光荣""重如泰山"这样抽象赞语。但当代著名诗人李瑛发表在同期《诗刊》上写刘胡兰的组诗的第一首却不同一般。他通过自己与刘胡兰年龄的对比，不加任何词形容，却写出了刘胡兰死得其所、死得伟大的人生价值。

风雨拉扯了她五十年
在第十五个年头终于又扯断了
像完成了一道人生答题
在她懂得最初的羞涩之前
就匆匆走了
她最后一句"我咋个死法？"
使我第一次思考该怎么个活法
……

一颗拂晓强光芒四射的星星

最完整地完成了《辞海》里对人的诠释。

这是李瑛作为革命军人固有的真情实感。写港澳回归有大量公式化的诗，但也有别出心裁的诗。有首写香港回归的七律《母语意心》，就没有一般化千篇一律地从百年前香港沦陷，受尽政治屈辱，今日中华国强，香港回归祖国，共庆团圆，千篇一律的概念出发，而是从儿童听到香港回归，高兴地力改港台腔，苦练普通话，练得字正腔圆，为的是"回归亲唤妈妈好"，以此来表现香港百年饱受殖民主义统治，尤其是文化统治、压迫造成的精神屈辱，渴望回归祖国怀抱的爱国热情，以说好母语象征祖国统一。另一首描写澳门回归的词《鹧鸪天·咏荷》，也没有一般正面地去写澳门沉沦、回归的历史经过，而是就地取材，以象征澳门的荷花为意象，以"藕断丝连"的成语为情线，既表现澳门沦陷后的辛酸，又表现对祖国长期不断的思念及回归梦圆的喜悦。再如写我国航天飞船的诗，从神一到神六不少，大都是新闻式的报道，构思十分雷同，不过是中国人的壮志、科技进步、喜悦。而《湖北诗词》2004 年第一期刊登的诗人王振的七绝二首之一《欢呼杨利伟航天成功》则别具一格，充分表现了作者的艺术个性。

闻道神农住九天，料应本草在新篇。
远回采得和平药，带到人间灭霸权。

此诗独特之处，如诗人廖平波所评，它将载人航天与采药治病联系起来，真可谓异想天开，似乎没有一点联系，然而中国的航天事业，其目标之一，就是保卫世界和平。要保卫和平，首先要遏止战争，整治霸权主义。这是以中华民族始祖神农氏，为治民病，尝百草，其精神永存，"九天"之上，应有"本草新篇"，能治病，治"战争狂"。诗的比喻精当、巧妙、口语化，是有个性的好诗。

可以写政治题材，但个性又贵在能从政治观念中解放出来，无个性的任何作品都可能是概念化、雷同化的。雷同化是个性化的天敌，是一般化导致的结果，也是当前创作的主要弊病。作者无独特感受，无独特构思，轻车熟路、驾轻就熟地依律写诗，按谱填词作曲，千人一面，众声一腔，这是个性在惰性和惯性温床上的泯灭。这是工业批量生产的标准化产品，技术上也许挑不出毛病，但个性却完全泯灭。纵然功力再深，底子再厚，也未脱古代诗的意境，谈不上创作。究其原因，有初学者不熟格律的模仿，更多的是老作者因懒惰而生命力、创造力衰退，但又不甘寂寞，无可奈何地为表现自我而又失去自我，因而诗也失去活力。个性是创作的推进器，也是医治概念化、雷同化的高效、特效良药，激活诗词创作活力的法宝。正如贝罗尔所说："就是为了能感受活力，竭力保持活力。在一切都变得标准化的时代，诗歌应以其特有的方式构成一种新鲜消毒剂，促进我们变得清醒、变得有活力，变得异常美妙。”而丧失个性活力的诗作，不仅浪费作者自己的生命，而且谬种流传，必然欺人耳目，乱人视听，败坏人的胃口，给中华诗词摸黑，让人因此失去信心，当代诗词也因之失去青少年读者，最终还会断送诗词的前途。

值得指出的是当前一些诗人词家也像一些新诗人那样，受西方现代化诗歌的影响，错把个性化当作非政治、非意识形态自由化。其不知这正是西方文艺理念导致的个性泯灭，一味模仿西方就是另一种雷同化、单一化。

提倡诗词创作个性化不仅是弘扬时代精神的要求，而且是诗词自身建设的需要。

个性要鲜明，必须适应时代的要求，从成旧的观念中解放出来，才能自由创造，成为时代精神的喷火口。

个性贵在磨砺。“宝剑锋利从磨砺出。”只有磨砺，才能磨去束缚的锁链和惰性的锈迹，才能释放出锐敏、新鲜的艺术光彩；只有磨砺出个性棱角，才能破解生活板块，深入感受时代精神。

磨砺不仅在书本，不同地区、民族的生活更是最好的好砺石。一次磨砺一次突破，一次能量释放。

磨砺贵在坚持，切忌蜻蜓点水、见异思迁、浅尝辄止。深入生活不能画地为牢、守株待兔。题材范围可以扩大，但必须熟悉，要积累生活的经验，厚积才能薄发。不熟不懂的不要写，勉强为之，自然是隔靴搔痒、一般化。

磨砺贵在坚持。一次松懈，一次反复，一次惯性包围，一次复旧，持之以恒的磨砺就会渐成较稳定的风格特色。

磨砺诗的品格，更要先磨砺诗人的品格。要磨去急功近利的世俗的污垢，克服浮躁心态，磨出闪光思想和道德胆识。有胆才有识，艺高胆大，“才”大气粗才有创作自由，才有敢为天下先、敢于继承传统又敢于创新的精神。要以创新为荣，以守旧迎合时尚为耻，创新而不能失去自我，更不能失去“大我”。须知这是时代赋予诗人的使命和责任。

弘扬个性创作，既要作者主观努力，又要靠外部力量的支持。各级诗词刊物也要严格把关，杜绝平庸；编辑和评论家更应有识金的慧眼，要尊重和敢于支持个性化创作，要仔细研究创作个性的差别，切不可以一个模式衡量所有作品。总之，要从各个方面同心协力，形成有利个性创作的良好环境。《中华诗词学会》《中华诗词》已做了大量工作，但还需要努力。众手浇花花才活。诗词创作个性化之时，定是创作真正繁荣之日，让我们共同翘首以待。

2006年4月30日于银川若园书屋

试谈当代诗人如何表现生活的严峻面

当代诗人要表现生活的严峻面，首先要正确认识、理解什么是生活的严峻面。

生活的严峻面不单如过去人们所说的阴暗面。复杂的生活也不是简单地用光明与阴暗两个抽象概念能概括得了的。它有光明、阴暗，有艰难险阻，严峻是艰难险阻的形势，如战场有血火、污秽；施工现场有酷暑、严寒，荆棘沙石，还有意想不到的风险和并不轻松的沉重。当代，我们的社会各种矛盾冲突都有。总的方面有人与社会、人与自然、人与人之间的矛盾，有改革开放与传统观念和习惯势力的矛盾。从当今世界说，和平进步虽是主流，但并不太平，时刻笼罩着战争阴影，不发达国家还有饥饿贫穷。这些矛盾错综复杂，盘根错节地纠缠在一起，既有普遍性，又有不同领域、地区的特殊性，非一眼就能看穿，更非一蹴而就能够解决。纵是旧的矛盾解决了，新的矛盾还会出现，生活就是不断解决矛盾，永无止境的动态发展过程。

随着改革深入、开放扩大、社会主义现代化建设纵深发展，在不断解决生产力水平低下与广大人民生活需要总的矛盾的同时，又出现了新的具体矛盾，如贫富差距拉大、两极分化严重、“三农”爬坡艰难、城市工人下岗就业难，生活于社会底层的弱势群体生存艰难，以及高科技双刃剑负面影响造成的资源危机、环境污染、精神失落等。总之，光明与阴暗交替，真善美与假丑恶交织，胜利和挫折并存。从情感形态来说，有期望与失望，痛苦与欢乐，焦灼与忧患。不论怎样，生活因人民群众的实践而充满生机活力。历史总在曲折中朝着光明螺旋式发展，矛盾总在发展中转化，不断达到和谐。这是不以人的意志为转移的客观规律。这既是诗的丰富资源、表现内容，又为诗人提供了大显身手的舞台。

表现生活的严峻面既是我国诗词“兴观群怨”的功能，又是自《诗经》以来“为时为事而作”、言志抒情、关心民众疾苦和国家民族命运的优良传统。“五四”以来，鲁迅及毛泽东等老一辈无产阶级革命家诗人继承和发扬了它，又创造了革命现实诗的传统，表现了艰苦奋斗的民族民主革命和社会主义建设的精神，并与当代一些严肃诗人的精品，共同为中华诗词赢得了荣誉。

当前，我国处在经济发展及建设小康社会的关键时期，既面临艰巨历史任务，又面临生活水平提高但精神垮塌的可能，因此更需要继承和发扬现实主义传统。诗人只有直面生活的严峻面，才能写出反映生活本质，实实在在，有厚重感、深沉感的精品力作，帮助人们正确认识、热爱生活，为建设理想的生活而奋斗。这既是诗词功能的发挥，又是时代的要求，诗人的历史使命和责任，同时也是时代对诗人人生观、价值观、道德观、审美观的考验。

表现生活的严峻面，不是只写艰难困苦，诗中定要有一些艰难困苦或豪言壮语字眼，它的本质是直面人生，深度表现时代精神、社会现实生活，对生活主体的人艰难生存状态的悲悯情怀，尤其是对工农群体的关注。

表现生活的严峻面总的要求是诗人应有“才力胆识”。“大凡人无才、则思不出；无胆，则笔墨畏缩，无识不能舍取，则无力，则不能成一家。”（清·叶燮《诗原·内篇下》）。“唯胆能生才，才识胆力，四者交相为济，苟一歉，则不登作者之坛。”（同上）才力胆识，胆识是核心，即诗人既要勇于表现，又要善于表现生活的严峻面。有了胆识，才有表现的才能和力量。胆就是无私无畏，识是对生活和艺术的真知灼见，也即我们今天所说的良知。具体来说，对时代要有科学意识，对社会、人生、国家、民族命运忧国忧民的忧患意识。“位卑未敢忘忧国”，诗人应“不忘国耻”，牢记近代祖国饱受列强侵略蹂躏患之苦、之耻，牢记我们时代面临的艰巨任务。杜甫当年因茅屋为秋风所迫之忧，产生“安得广厦千万间，大庇天下寒大俱欢颜”的理想，今日我们安居乐业，更要“居安思危”。顺利时要看到道路曲折，要永远保持清醒头脑。

纵观我国当今诗坛，很少听到“哀民生之多艰”的声音，多的是对太平盛世、升平景象、田园山水浅薄而轻飘的颂歌。有的颂歌甚至是盲目的，忽视了光明后面的阴暗、升平中掩盖的假象、自然环境被污染的现状，就是对自己的生命体验，也缺乏实在的时代内容。不少感怀工作，脱离时代方向、人民立场，只抒发个人情怀，不少是对现实的牢骚。盲目歌颂与盲目讽刺同样缺乏时代大气和对生活的深度耕耘。

人民当家做主的时代，万象更新，光明是主流，自然应有自己的颂歌。改天换地的艰巨任务更需要颂歌，以增强信心、鼓舞斗志。当代诗人也该有敢当“歌德派”的勇气和胆量，并以此为荣。但颂歌必须有真情实感，真情实感非空洞的概念和豪言壮语，而是从不同时间、地点，不同山泉流出的活水。真情是具体的、可触可摸的、炽热的。用民众口头语说，就是“掏心窝子”、“缠心绕肺”的爱。真情歌颂的光明应当是透视生活难点、热点引发出的火光，大浪淘沙淘出的金子，是生与死、前进与倒退搏斗的生命闪光，总之是实火而不是虚火。虚假的颂歌只能粉饰生活，徒增生活的严峻。

近日笔者接触到一位宁夏基层干部写的一首赞颂温家宝总理于今年五月初来宁夏视察抗旱情况的新诗，就是有真情实感的颂歌。“三农”爬坡正是艰难时刻，旱灾牵动亿万民心。温总理代表党中央和国务院来视察，功德无量。类似的事一般现代诗人却不写。而这位作者敢于写此事件，正是出于时代的责任感。诗中，也没有豪言壮语和直白浅露，而是通过“温总理冒着烈日酷暑，在土地干裂、干群身上再也流不出汗，只能眼中流泪，心头滴血”这样极其艰难困苦的现场，总理的“手把着老农的颤抖着的手慰问抗旱乡亲”与干群共商抗旱大计，这样生动感人的细节描绘，无声胜似有声地歌颂了党和国家领导与人民同甘苦共患难的真情实感，从而强烈地震撼人心，给塞上人民以战胜困难的信心、力量和希望。

诗人在歌颂人民的丰功伟绩时，首先应该关注弱势群体，尤其是工农群体。他们是人民的主体，有不少曾是英雄模范人物，都为祖国现代化建设作过、并正在作着巨大贡献。但由于历史原因和现实国情，他们仍在艰难中任劳任怨、负重拼搏。他们是崇高的精神强者，不需要怜悯，只需要理解。诗人应该向他们献出爱心，歌颂他们艰苦奋斗、无私奉献的精神，还应该敢于做他们的代言人，真心实意地为他们分忧解困，忠实地反映他们的心声，呼吁全社会公正公平地对待他们。这既是文学的人道主义原则，又是诗人应遵守的道德准则。这样的诗本质也是颂歌，更需要胆识。

真正地歌颂光明，还应善于敏锐地发现并敢于表现新生事物。我们的时代，由于改革开放、阳光雨露充足，新生事物如雨后春笋般层出不穷，如青年志愿者、见义勇为者、义务献血和捐助残疾者、自然环境保护者、科技特派员，还有从事新的职业的新人等。他们是新事新风尚的体现者。其事都关乎现代化前途，有深刻的文化内涵；其人都有理想，有对社会无私献身的精神。他们又都顶着世俗压力，显示出与旧势力斗争的顽强而蓬勃旺盛的生命力，但又不被人们理解。诗人应热情关怀、支持他们。现实的情况是诗人对他们关怀不够，大多数人都轻车熟路地巡视于习惯的题材、传统的主题。即便有些人关注，也很肤浅。只写他们表面的窘困，咀嚼苦难，不知他们的心灵、自尊、自信。其原因是缺乏识，缺乏胆，怕拿不准，又怕人说赶时髦、追风尚，作品速朽。

其实新生事物正是人民智慧的创造。不表现新生事物，艺术也谈不上创新。新生事物的生命就是艺术的生命，表现不仅天经地义，而且合情合理。这也是对胆识、才力的考验。诗人应义无反顾、满腔热情地表现新人新事。须知这是对社会主义事业的支持，对光明的歌颂。

表现生活的严峻面，自然也要揭露和批判阴暗面。这也是现实主义诗人应作的文章。但批判、讽刺，为的是扩大光明面，促进社会文明进步，是鼓实劲，而不是让人泄气，更不是让人悲观厌世。正确的批判讽刺要站在最广大人民的立场，以辩证唯物主义与历史唯物主义的观点和方法，结合社会生活实际，具体分析问题，矛头对准假恶丑，才能稳、准、狠地批判，才能深度表现生活的主流和本质，显示道路是曲折的、前途是光明的趋势。决不能把矛头指向人民，尤其是弱势群体。不分对象堂吉诃德式地盲目乱打，这样无济于事，只会误伤好人。当今仍有些“精英”把人民群众视为愚昧的阿Q加以讽刺，这是不对的。须知鲁迅当年对阿Q也只是“哀其不幸，怒起不争”，寄予同情，批判的矛头指向的是封建统治阶级和剥削制度。

批判讽刺更要掌握分寸。分寸就是艺术。当代诗人郑伯农的《戏为六绝句》等讽刺诗给我们有益的启示。作为原中央文艺界领导成员之一，他大胆、尖锐而又极有分寸地讽刺和批判了官场、演艺圈内一切向钱看和弄虚作假等腐败现象，态度又是积极与党、与人民同甘苦共患难的，始终不失对光明的信念，文风尖锐又不乏幽默。幽默是智慧的表现，比直白讽刺更入木三分。

表现生活的严峻面，自然是艰难的，需要付出更多智慧、心血、汗水，经受更多考验。为此诗人还要善待自己的生命和艺术。作为诗人，生为创造生，死为创造死。不论自身和群众的生存环境多么艰难，都要直面、热爱生活。生活就是生命的活动，因险阻才能撞击火花。诗人绝不能因生活严峻而失去信心。艰难不仅是创作的资源，而且是意志的砺石，何况当代我国诗人的生存处境和状态比起历史上任何时代都好，创作不会有什么风险。人生苦短，机不可失，要紧抓机遇，适应时代要求，把思想从传统观念和习惯势力的束缚中解放出来，从惰性温床中走出来，与时俱进，知难而进。既不要急功近利，保持平常心态，又要有危机感、紧迫感、使命感，只争朝夕，全身心投入创作。安逸懒惰是艺术生命的死敌。

善待艺术就是要以实事求是的科学态度对待诗词艺术规律，分析解决创作中的矛盾。要善于把生活中的矛盾化作心灵的冲突，以多样、细微、刻骨铭心的感受，量体裁衣、量米做饭地加以表现。古风、歌行体、自由曲可以直接表现重大社会题材或对生活作全景式的叙事描写。短小的律绝、词曲可以抓住细节，以小见大，以焦点透视的方式多角度、多侧面地表现情感。一滴露水，同样可以反映大千世界。

诗歌是意象与语言的艺术。诗人表现生活严峻面就要创造与之相适应、相和谐的意象和语言。古人写生活艰难和英雄豪情，创造了如“铁马金戈”“马革裹尸”，写边塞艰苦，创造了“风卷红旗冻不翻”“朔风穿金柝，寒光照铁衣”等苍劲的语词。当代的伟大诗人毛泽东表现革命艰难、英雄不屈的精神，创造了全新的意象和语言，如“雄关如铁、残阳如血”“四海翻腾云水怒，五洲震荡风雷激”“红旗漫卷西风”“请长缨”“缚苍龙”“驱虎豹”等。民间写革命和献身建设事业的民间口头语有“掖着脑袋干革命”“牢底坐穿”“生命燃烧”“生献身心死献魂”“风雨一夜挑”“挥汗如雨”“把时间捏出汗”。诗人应多加吸收，并多创造新的意象和语词，破除概念化和陈旧意象，以达到艺术的和谐美。

表现生活的严峻面，根本途径是诗人必须走出高楼深院、孤寂书斋，深入时代和社会群众生活，到现代化建设的激流中增长见识，贯彻“三贴近”原则，和广大人民同呼吸、共命运，急人民之所急，想人民之所想，让真实的体验、感受、感悟唤醒良知，以各族人民自强不息、艰苦奋斗的民族精神鼓舞勇气，激发活力，增加表现的信心、勇气、智慧和力量，从而获得创作个性的真正自由，写出无愧于时代的精品力作。这样做时，诗人也就提升了境界，在当代诗坛也就有了立身之地。众多诗人奋起，对生活做深度耕耘时，中华诗词也就获得实实在在的繁荣。

2006 年 5 月 25 日

浅谈精品与警句

中华诗词学会提出发展诗词的精品战略是很有必要的。因为诗词是精神产品,关系精神文明建设,理应是精品。精品的概念虽然难以界定,但不妨从理论上探讨,正是由于难才留下了探讨的空间。

在中华诗词十九届年会上,有人提出“精品不可求全,亦可以寻章摘句,哪怕只是两句、一句”(袁第锐《收他腐朽,还我神奇——浅谈诗词精品战略与精品意识》)。这使我想到清人赵执信在《谈龙录》中记载的这样一个故事,说的是对诗歌创作文艺性的三种看法。洪升要求完整,像画龙,要把整条龙画出来,连它的首尾鳞爪都不能忽略。王士祯反对这样,要求精粹,认为神龙见首不见尾,有时只在云中露出一鳞半爪,就是只要把最精粹的部分写出来就行了,不必求完整。赵执信认为完整和精粹两者是不可分的,画出来的龙虽不见首不见尾,只有一鳞一爪,但人们都可以从这里看到完整的龙。心中有了完整的龙,才可以画出一鳞一爪来反映龙的全体,离开了完整的龙去画一鳞一爪是不成的。提出警句也是精品,类似画的龙的一鳞半爪。我以为这是不妥的,我同意赵执信的看法。

诗的精粹即名句、警句,是从丰富生活中提炼出来的,也就是从整体而来的。但就诗的本身来说,又要求完整、圆满。因为诗是生命,是内容与形式的统一,内容与形式诸因素的统一。内容中是思想与情感,形式中是意与象、意象组合(结构)与语言修辞,诗词更要平仄、粘对、音韵统一。统一才是和谐美的,才有境界。有境界则自成高格。高格止境自是精品。

诗中的警句自然是诗人精心提炼、打造的精粹,虽然有“立片言而居要,仍一篇之策”(晋·陆机《文赋》),“文章无警策,则不足以传世,盖不能惊动世人”(宋·吕本中《童蒙教训》)这样的说法,警句确也易记、易传、易感人、易令人深思,但离开整体的警句只能是警句,一鳞半爪的碎片不是精品,一句诗更不能成为精品,如20世纪80年代初,有人写了一首一个字的新诗《罔》,谁也不知道它的意思,故遭到人们的质疑与批评。

精品必须有完整品格，而警句虽然精致，但只是局部，充其量只有残缺美。形象地说，警句只是园林中的奇花异木和奇石，只能点缀艺术境界，为之增光添彩，无独立完美品格；又为精密机床上的螺丝，只有精当地组装于整体，才能显示应有的作用，离开诗章整体，一味寻章摘句，就是舍本逐末，对整首诗来说就是抓住了芝麻、丢了西瓜，只见豪门口石狮，不见深宫大院风光。所以宋人张炎在《词源·句法》中说："词中句法平妥精粹，一曲之中亦能句。"张炎所说的句法就是造句的章法，具有完整性、系统性。"平妥精粹"指的就是平衡协调和精心营造的精品和谐美，也即明人谢榛所说的"全篇工"和"锻炼成章"（《四溟诗话》）。

没有高山显不出平地，没有平地同样显不出高山。警句之奇峰拔地，必须有平地的稳定基础，否则就会如意大利的比萨斜塔，总给人以提心吊胆之感，把审美愉悦变为审美困惑。

《文心雕龙·章句》中也说："夫论情有宅（场所，引者注），置言有信，托情曰章，立言曰句，故章者，明也；句者局也。局言者，联系以分疆；明情者，总义以包体。区畛（界限，引者注）相异而衢路交通矣。"文中所说的"明情"就是把诗句的含义归总起来，连成篇章的总体，起到表明情理的作用。章与句范畴有差别，但二者之间却是息息相关的。"炼句不如炼意。"（宋·范温《潜溪诗眼》）清人魏宗瑞也说："诗要句句工，便不在行。"（《伯子论文》）明朝胡震亨也说："作诗不必句句工，使其皆工，反峭无古意。"（《唐音癸签》）王夫之也说："作诗但求句句工，已落下乘。"（《姜斋诗话》）上乘应是求全篇完整，文脉自然融通，才"句无玷也"。"章总一义，须意穷而成体。"故精品"不能断章取义"，有句无章非精品。

从创作过程来看，单说警句，也要整体衬托，才有价值。中国有句古话叫"红花虽好绿叶扶"。警句与篇章可以相辅相成，如景区园林，有突兀挺秀高峰，也要花草树木和泉水相衬，才是美的生态环境。"石玉而山晖，水怀珠而川晴。"（晋·陆机《文赋》）说的是山水间的相互依存、衬托，也就是局部与整体的关系。而"专攻于此，故失于绮靡，而无高古之气味"，宋人吕本中高古之气味就是充盈并散发于整篇作品中的崇高、深远、古朴之浩然大气。所以古人才特别强调全诗的整体性。

退一步说，就算警句是精品，也非凭空产生，万丈高楼平地起，警句总是要从整体篇章中提炼。提炼既要顺乎自然语境，又需行文步步铺垫、蓄势。只有水到渠成，警句才能成为激情的宣泄，思想火花的闪现。路不铺平，势不蓄足，硬要孤立地提出警句，正如陆游在《应秀子诗》中所说："因雕琢会失自然。"他还说："我得茶山一转语，文章切忌参死句。"美好的警句应如王夫之所说，要"含情而能达，会景而生心，体物而得神，若但于句求巧，则性情生为外荡，生意素然矣”(《姜斋诗话》)。“生意素然”自然不是警句,更不是精品。把警句当精品一味“寻章摘句”就会误入歧途,会使作者疏懒乞巧,只走终南捷径,而不在正道上下功夫,结果只会有句无章。当前的诗词界,这样的情况很多,尤其是一些初学者偶尔想出一两句就以为是诗。不成章,何成诗?寻章摘句很不利于诗词和谐类建设。

那么怎样理解杜甫的“为人性癖耿佳句,语不誓人死不休”这句话的意思呢?我以为应该把这句话看成诗圣一生对精品的执著追求精神和写作的严肃认真态度。杜甫一生写了很多诗,可说首首都是精品,但并非都是名句。他的代表作“三吏三别”《北征》《自京赴奉县咏怀五百字》都是思深情切、千古流传、脍炙人口的杰作,但却并无多少警句。《草堂》也只是几种颜色搭配对比,用白描手法描绘了一幅完整美丽的画图,只有意象、意境美,却无警句。诗仙李白等大诗人不也是如此?

有人说一些读者不正是通过李白、杜甫等人的名句才知道他们是诗仙、诗圣的吗?但这只能是一些普通读者,对于大部分真正热爱李、杜等大诗人的读者,则是通过读大诗人的全部作品,才能全面了解和理解他们的崇高品格、艺术成就和对中华诗词所作的辉煌贡献。这也是诗人期望读者做的。读者也只有这样,才能真正学到东西,否则只记住他们的名句,便是只见树木,不见森林;一木遮障,难见泰山。如果再如一些人所说的“一生努力作诗,只为留下一、两句名句”,那么他注定写不出名句,更注定成不了名家。道理很简单,无丰厚诗学积累,自不能薄发,只能成为一事无成的空想家。

警句的宝石只能镶嵌在诗的皇冠上才美丽,皇冠才是诗的精品。精品是高标准严要求,创作绝不能轻率,必须在生活、思想、艺术整体上狠下功夫,从立意、构思、谋篇、修辞、格律等和谐美上精益求精,其创造才有价值,中华诗词才会有实实在在的繁荣。

2006 年 6 月 15 日

浅谈诗词的时代气息

时代气息是作品给人的时代感。人总是生活在不同时代、一定社会环境中,所以时代气息也就是社会生活气息,是社会生活的民俗、风情、时尚等综合文化现象。表现在作品中为情趣、气氛、风格特色。时代气息要求浓郁,但非外加的豪言壮语,外涂色彩,而是时代精神的流露,具有鲜明性和形象的可感性。作品的时代气息与思想感情融合为和谐美,读者从中可以感觉到时代脉搏的跳动。

诗词描写和反映时代气息,是为了以时代精神和鲜活的艺术魅力吸引读者,以浓重氛围感染读者,使读者热爱生活,进而热爱艺术。这也是艺术认识、审美的功能。曹操的《蒿里行》"白骨露于野,千里无鸡鸣,生民百遗一,念之断人肠",白居易的《轻肥》"树根已尽草根枯,十丈溪河变成陆"以及他的《卖炭翁》《观刈麦》等现实主义诗篇,通过对人民苦难生活的具体描绘,真实地、历史地、具体生动而又深刻地反映了封建时代民不聊生的悲惨景象,使人们认识剥削阶级的罪行,向往美好生活。

南朝简文帝箫钢的《陇上行》"沙飞朝似暮,云起凝若城",高适、岑参的"叠鼓遥翻潮涌波,鸣笳乱动天山月""四边伐鼓雪海涌,三军大呼阴山动"等诗句都是对那个时代我国边塞生活的描写,因而赋予边塞诗阳刚豪放美的诗风,成为那个时代的强音,鼓舞将士保卫边疆,屯垦戍边。

时代气息不仅是现实主义诗词的一大特色,充满激情和想象的浪漫主义,如寓言、神话、梦境的诗,而且折射着人生的现实烟火味。嫦娥飞天、尼姑思凡,都与现实有关。前者是不满现实的逃逸,与后者同为思念人间世界,最终都是人间生活的投影。李白"举杯邀明月,对酒成三人",是他在封建社会怀才不遇孤寂心情的流露。毛泽东的词《蝶恋花·答李淑一》"我失骄杨君失柳,杨柳轻扬直上重霄九,问讯吴刚何所有,吴刚捧出桂花酒。寂寞嫦娥舒广袖,万里长空且为忠魂舞。忽报人间曾缚虎,泪飞顿作倾盆雨",虽是浪漫主义想象,但字里行间无不流露人间现实的生活气息。

传统诗词，不论表现国家兴亡、抒情感慨，还是情诗恋歌、亲情友谊、咏史怀古、羁旅思乡、风俗节令等题材，都无不或明或暗、或浓或淡地从不同侧面描写那个时代的生活。我们从马致远的词《天净沙》“枯藤老树昏鸦，小桥流水人家。夕阳西下，断肠人在天涯”的描写，感到的是古代交通不便，诗人羁旅思乡的孤寂气息；从“打起黄莺儿，没教枝上啼，啼时惊妾梦，不得到辽西”和“闺中少妇不知愁，春日凝妆上翠楼，忽见岸头杨柳绿，诲教夫婿觅封侯”这类春闺诗中，感到的是妇女在那个连年征战的时代生活的孤寂与痛苦。

“文随世变，文变染乎世情。”现代社会人们的思想情感变得日益丰富、复杂，生活也有更多新鲜气息。毛泽东同志等老一辈无产阶级革命家诗人及新中国的一大批民族化诗人的作品，则反映了社会主义革命建设时代新的生活气息。毛泽东的《七律二首·送瘟神》以丰富想象，描写了为害千年的血吸虫，将“绿水青山”的祖国，危害成 “千村薜苈人遗矢，万户箫疏鬼唱歌”，连名医华佗也无可奈何的悲惨景象。而中国共产党领导的社会主义建设则送走了瘟神，使神州大地出现了“春风杨柳万千条，六亿人民尽舜尧……红雨随心翻作浪，青山着意化为桥”的明丽景象。这春天的气息，感染了全国各族人民。毛主席的诗词也因此千古流传。

《中华诗词》自创刊以来，发表的精品以及全国几次诗词大赛的获奖作品，也都有比较浓郁的社会主义时代气息，同样也起到了鼓舞人民斗志的作用。

但纵观今日整个诗坛，不少作品缺乏当代生活气息，故显得苍白干瘪，缺乏生气，也缺乏新鲜感和感染力。表现一是抽象概念代替生活描写，或思想大于形象，或理胜于情。此类作品不仅有政治题材诗，而且有一般言志抒情诗。有写生命体验的诗，则“独倚栏杆心渺茫”，“闲坐草坪独看天”，这是典型的边缘化、私语化心态。二是公式化、雷同化。古人咋写就咋写，如法炮制，轻车熟路，不闻当代生活气息。三是过于朦胧，云山雾海，令人“丈二和尚摸不着头脑”，一头雾水。这既是脱离生活的表现，又是唯形式主义的表现。这类诗因时代气息不足而显得没劲、没味道，自然会失去读者。产生缺乏时代气息的诗，有惰性的原因，也有缺乏创作经验，不熟悉诗歌艺术规律的原因，但更重要的是缺乏对生活的体现和深切、真切的感受。它们大都是关在书斋的想象，或多从书本的模仿，或对生活事件新闻式的报道。

那么，当代诗词如何反映时代气息呢？

一要热爱生活，积极入世。一个视人生如梦、荒诞不经的虚无主义者，是难以感受、理解生活和时代精神的，其作品必然就没有，也不可能表现时代生活气息。超时离世者也不可能反映时代生活气息。生活气息非空穴来风，也非无源之水、无本之木，而是生活的矿泉水和生活厚土酿造的美酒。只有热爱生活、积极入世，并贴近时代社会生活，才能深切感受生活，闻到生活气息。道理很简单，一个不爱母亲的子女，自然闻不到母乳的芳香温馨气息。生活不仅会使人耳聪目明，听四面声响，观八方来风，而且会也可使人嗅觉灵敏，闻百花而辨味。诗人只有深入生活才能如鱼得水、左右逢源，才“敢遣春温上笔端”，描绘它的五彩缤纷。否则纵是生活在这个时代中，也是“不识庐山真面目”。当年延安整风运动后，革命文艺工作者和新中国培养的大批民族化诗人的创作经验就是最好的说明。对此我也深有体会。

我出生在北方农村，新中国成立初期我在农村工作过，直到初级社转高级社时才离开农村进入城市。城市文明使我一度轻视农村，并庆幸自己离开了农村，免于受苦。但终因在农村生活过，总有一种不了情，使我多年来在业余时间仍坚持农村题材创作。但毕竟离开农村久了，有些隔膜，所写只有抽象概念，或与古人雷同，反映不出当代农村的生活气息。作品被人批评直白浅露，自己也觉难为情。

自中央“十一五规划”提出建设社会主义新型农村后，我也几次重回故乡，亲身感受了父老乡亲从生产、生活到精神面貌的深刻变化，于是又激起创作热情。近年，我随采风团到农村采访农业科技示范项目，农民科技种田、文明生活等新人新事新气象层出不穷，新风尚扑面而来，催动我诗心难耐，就连续写了《希望的田野》两组诗词。因反映了新的时代气息，受到读者欢迎。著名美学家庄严先生还为第一组写了评论文章。这使我感到，深入生活虽是老话题，但生活之树常青，道理也就常说常新。生活永远是医治概念化、雷同化和苍白无力的灵丹妙药。

二要以敏锐目光关注和描写新鲜事物。随着春风解冻、化雨滋润，各行各业都有新笋冒尖，且都有与旧势力斗争的顽强生命力，又都充溢青春活力、清新气息。农村有泥土五谷芳香，城市有花木芬芳。这些都是诗的抒情内容，诗人描写了，作品自然就有新鲜的时代气息。

三要细心观察、品味，善于描写生活细节。细节是生活的粒子，也是生活气息流通的管道、时代的露珠、形象的血肉。于细微处见精神。典型的细节（诗则是典型的细微感受）既可绘形，又可提神；既可增强诗的实感，又可增强鲜活诗味，使格律严谨。篇幅短小的诗词，虚实结合，形神兼备，空灵有致，否则就会使作品失之空虚。李白的《静夜思》如果没有“床前明月光，疑是地上霜”这两句生活细节的描写，也就没有“抬头望明月，低头思故乡”之深沉幽思和神韵。这个细节正是无声的时代气息，透露出作者在官场不得志、旅途孤独思乡的情绪。杜甫的《茅屋为秋风所破歌》如果没有“风卷茅草过江去”“南村顽童欺我老无力”“布衾多年冷似铁”等具有时代气息生活细节的描写，也难以反映那个时代诗人的不幸遭遇。

细节的描写并非照搬生活琐事，短小抒情诗不能铺陈其事。正如古人所说，要“择之而已”（唐·刘知己《史通·杂述》），要“博观约取”（宋·苏轼《经讲东坡文集事略》），也要如清人林纾所说，“博收而约取”。所谓“择”“博收”“约取”，就是看得要多，积累要多，用时则要挑选，以小见大，以少胜多，以一当十。写时可以浓墨重彩，有的描写，有的只需一两句，点到为止；有时只写一种感觉、一抹色彩，有的不着一字，只神气见通便可尽得风流，整个诗就会充实而灵动。事情多少大小，描写有浓有淡，却不是主要的，重要的是置于时代背景下，又能从中体现时代精神。杜甫的五言古风《自京赵奉县咏怀五百字》“朱门酒肉臭，路有冻死骨”，只用一个细节对比，就集中表现了封建社会阶级对立的情况，反映了当时的社会生活气息。白居易的《卖炭翁》中，“心忧炭贱愿天寒”一句十分深刻地表现了封建社会劳动者因需卖炭盼望天寒的无奈。

四要向民歌学习，多用比兴。民歌是广大劳动人民的心声，是生活泥土上绽开的花朵，有不加修饰的天然美，自有天然淳朴的气息。它的意象和比兴手法不用繁言，即景抒情，借物言志，省下描写，开拓境界。学用比兴，诗自然就沾上了生活气息。古今竹枝词都是如此。

诗词的时代气息是总体要求，不同题材作品有不同气息，不能用一个标准衡量。社会题材要求的是强烈、是非鲜明的政治生活气息；新农村的诗要求的是自然淳朴的生活气息；文史题材的诗要求的是翰墨气息。不论哪种气息，都必须是新鲜的，都是时代阳光蒸发的气息，都是不同地区生活的反映。作者完全可以根据不同的生活感受和不同题材的特点，从实际出发，从不同侧面，以不同方式反映。一点不反映就失去了当代诗词的价值。

诗词反映当代生活气息，既是时代要求，又是诗词自身建设的需要，更是诗人的历史使命和时代责任。诗人应该不懈追求。只有作品的时代气息越浓重、强烈，才越能赢得读者，有更多生命力。

2006 年 6 月 27 日

诗词也要讲内部韵律

诗为韵诗，不论什么诗，自然应该讲究韵律。但一些诗词作者只理解“同声相应谓之韵”（南朝梁·刘勰《文心雕龙·声律》），认为诗词是有韵诗，新诗是无韵诗。实际上这只是对韵的片面理解，或只从形式上理解韵，只把韵视为韵脚，不了解“韵为生动之趣”的实质。

所谓生动之趣，即情趣（朱光潜）。生动情趣由语言的节奏、声调有序的组合，有规律，也即合乎声音和情感逻辑准确地传达。这就是韵律，又叫声律，也是声音与情感合成的美学境界，韵律也是情感的一部分。“情以引文，文以生情，文亦引声，声亦引文（《曾国藩日记》）”。这样的韵律是作品的灵魂和心声。

合辙押韵只是韵律的外部特征，是传统诗词必备的硬件。而新诗，尤其是20世纪30年代以来大量的新诗，不押外部韵，却不乏自然流畅、节奏明快，有情趣、有感染力的好诗。这是因为新诗讲究内部韵律。内部韵律可以使声音和情感和谐一致、情绪起伏，统一中有变化，从低潮到高潮，从而扣人心弦，这正是神散而形不散。

完整的韵律不仅可以节制滥情和不羁的想象，而且可以和谐诗美，使诗不枯、不涩、不滞，平仄协调、音调铿锵、节奏明快、趣味生动。故诗词才有音乐美、建筑美、绘画美，使粗犷变为文雅，空虚变为丰满，有血有肉，气韵生动。

优秀的诗词无不有韵律美。以杜甫的《登高》论，这首七律仅有八句五十六个字，写景写情十分出色。作者在晚年，即大历二年（767年）这样写秋：“风急云高猿啸哀，江清沙白鸟飞回。”这第一句写山景，第二句写江景。在暮秋的一天，诗人“登高”爬到了山顶。山高、风急，可是天比山还要高。阵阵急风吹来，呼啸之声使得一个上了年纪的老人有毛骨悚然的感觉，于是便产生了悲哀。再低头一看，江水中的五洲又是一番美景，显得十分苍白、空廓、寂寥。只有鸟在江中洲上飞来飞去。诗人的情绪是凄凉、悲哀、无穷无尽的愁绪。“无边落木萧萧下，不尽长江滚滚来。”这三四句景色描写把愁绪推向高潮。这两句仍是写江景、山景，错落有致，写出万千感慨。如果说此诗前四句写景，那么后四句便转而写情感。“万里悲秋常作客，百年多病独登台”写的是自己的外部境遇。宋罗经说：“万里，地辽远也；悲秋，时惨凄下；作客，羁旅也，常作客，久旅也；暮齿也；多病，意疾也；

台，高迴外也；独登台，无亲朋也。”十四个字间含有八意，对偶又极精确。“艰难苦恨繁鬓，潦倒新停独酒杯”承五六两句，因“万里悲秋常作客”，所以艰难备尝，两鬓斑白如霜雪，这是杜甫苦恨的。正因为“百年多病”，所以“潦倒”狼狈日甚，连酒也不能喝，要戒掉。

这首诗景中有情，情中有景，都为情服务。杜甫自己在《遣闷戏呈路十九曹长》诗中说“晚节深于诗律细”，的确如此。正如明人胡应麟所说：“一篇之中句句皆律，一句之中，字在皆律，而实一意贯穿，一气呵成……而建翎走坡之势，如百川东注尾宫之窟。”但今日诗词界有不少作品句尾虽合辙押韵，但却徒具诗的外形，恰恰忽略了内部韵律，因而给人死板、僵化、气脉不通、失去生机之感。如若不信，请看这样的作品。

七绝《晨步口占》（《辉煌二十一世纪中华诗词集锦》）：“噩梦醒来头上在，管他虚影眼前浮，千丝浓耨无口，透顶向天恰好呼。”正如评论家翁绳馨批评的：“此诗韵味意境何在？”只说“梦”既已醒来，“千丝浓发何以被耨得所剩无几”呢？更不解的是结句何以偏是“秃顶”，才“恰好呼”，又“呼”的是什么呢？这纯粹是为了拼凑韵脚。

翁先生还批评了一首七律。《咏抗日山》：“抗日山前沐海风，回思半纪气还雄，英明镌石沉如铁，热血淋岩火样红。峰举墓碑遥振臂，野凝新绿畅抒胸。一声抖搂威犹在，隔海东条贯耳聋。”翁先生批评得极是。“英名镌石（按情理逻辑，引者注）总得喻之为‘虹般壮，霞般灿’才是，怎么反说是‘沉如铁’，又沉向何方？也许他是想说这‘英名’沉重得像铁吧，但放在这儿，能这么组词达意吗？且这是一副联句，‘沉如铁’了又怎对下句‘火样红’呢？更不说颈联已‘峰举墓碑’，又硬要安个‘遥振臂’，凑趣得何等多余！”而“野凝新绿”也对不上“峰举墓碑”。另外“抒”也失仄，且有“抒怀”，却无“抒胸”。因情怀可抒，胸怀抒之如何？这样为押韵而硬凑的语词最为诗忌。末联更无道理，“一声”之后，只能“怒吼”或“断喝”，怎能“抖搂”？而隔海的东条（此人早已被这远东军事法庭处决），你又怎能叫他贯耳而聋呢（《福建诗词》2006年12期）？这种因韵律失调，而导致作品结构混乱的现象常常出现在七律中。正如著名美学家庄严先生指出的那样，结构“缺乏内在有机联系，和有机统一，想到那写到那。先搞个头尾，再拼凑成篇”。全无浑然和谐美境界，自是无韵律可言。（《塞上地平线·看诗词创新的宏阔空间》，《夏风》诗刊2007年3期）。

这样不讲韵律的诗，在短篇律绝中有，因其篇幅短，韵律常常被忽视，就是在长调词和长篇歌行体古风中，也有任意挥洒，不加剪裁，重遣词造句、合辙押韵而不讲音调情感节奏变化，或变化中又求统一，缺乏内在韵律。收入《首届华夏诗词奖获奖作品集》中获二等奖的作品《西塞行·西部大开发放歌》长达四百多行，就是这样。长诗更需要内部韵律的均衡和谐，才能收到波澜起伏而又荡气回肠的艺术效果。而这首诗虽洋洋洒洒、磅礴大气，具有丰富的历史、地理、文化知识，不乏深厚的学养和遣词造句的功力，但在恣肆地描写中却使内部韵律失衡。作者从“我本潇湘烟水客，西出万里来塞北”的角度写起，先以大段篇幅来写对西北前的理性认识，也即从书本得来的大西北政治、地理、历史、文化知识，是背景材料，表现大西北过去的阴暗，各族人民生活的悲惨，约占本文篇幅的五分之一。接着才写自己沿丝绸之路从敦煌到吐鲁番、天山南北旅游的所见、所感、所思，描写了山川景物、风俗民情以及由改革开放带来的巨变，表现了民族团结、政通人和，歌颂了党的英明政策，最后又对理想远景畅想了一番。西部的自然色彩写尽了，唯少情感色彩。而情绪的流动恰是内部韵律的基础。面面俱到，却点而不深，知识堆砌、景物拼凑胜于深刻、真切描写，形大于神、理胜于情、文胜于质，缺乏典型生动的情节，只闻高腔，难听心声，节奏单调，缺乏起伏的旋律感。

“艺术的基本，原则是寓变化于整齐。”诗的音律好处就在于给你一个整齐的东西做基础，可以让你去变化……诗有韵律可变化多端(朱光潜)。而此诗恰是因缺少节奏变化，因而也缺乏感召人的力量，读起来感到沉闷。总之，一切不好的作品，其毛病无不在于内部韵律失衡、混乱。

诗是如此，长短句词同样有此毛病。形散神亦散，只按谱填字，不顾节奏缓急、韵律的自然流畅，有的连外部韵脚也削足适履，拼凑不知和谐为美。限于篇幅恕不一一评说。

加强韵律是打造精品、和谐诗美、增强感染力的艺术需要。随着全民文化和欣赏水平的提高以及新诗咄咄逼人的挑战，当代诗创作更需要多方面加强自身修养，提高其艺术魅力。既要向经典诗词学习，又要向优秀新诗学习。重要的在于尊重诗的规律，诗的韵律就是诗美规律与特性的体现。切不要以为押了韵，就有了韵律，如穿鞋子的都是人。人贵在讲气质，诗要讲气脉。脉络要一气贯通。“内又脉注，首尾一体”(《文心雕龙·章句》)；要“首以通尾，尾按以附……若道绪(系统，引者注)失踪，辞味必乱，义脉不流，则偏枯文体(半身不遂，引者注)”(《文心雕龙·符合》)；要“设情以立体，酌事取类，舒华布实”(《文心雕龙·剪裁》)；要讲结构，要在“不结构之结构”上下功夫。总之，要精心安排、顺情成章，莫因短篇而忽视韵律，莫以长篇而无节制挥洒。诗不论长短都要精心概括、剪裁，才能使结构均衡、气脉贯通、气韵生动。另外，每个句词也要精心推敲，于细微处见精神、见气韵，以和谐美去感染读者，为诗词赢得读者。这也是尊重艺术规律，打造艺术精品。

2007年7月14日

质朴是一种境界

——项宗西诗词印象

“古诗贵质朴，质朴则情真。”（清·徐增《而庵诗话》）质朴也即古人说的“铅华洗净见精神”。这是作诗，也是做人的境界。

古人还说“学诗有三节：其初不识好恶，连篇累牍；肆笔而成，既而识羞愧，始生畏缩，成之极难；及其透彻，则七纵八横，信手拈来头头是道矣”（宋·严羽《沧浪诗话》）。清人潘德舆也说：“诗有三境，学诗亦有三境，先取清通，次宜精炼，终尚自然，诗之三境界也。”（《养一斋诗话》）近代大美学家王国维在《人间词话》中说得更为形象：“古今成大业、大学问者必须经过三种境界，‘昨夜西风凋碧树，独立高楼望尽天涯路’，此第一境界也。‘衣带渐宽终不悔，为伊消得人憔悴’，此第二境界也。‘众里寻他千百度，蓦然回首，那人却在灯火阑珊处’，此第三境界也。”前面说过，诗的境界也是作人的境界，是诗人所达到的思想修养和艺术高度。精而质朴是第三境界的重要标志，达到第三境界，是诗和诗人成熟的标志。我以为宗西同志的诗词创作基本上属于第三境界。

他的诗写得少。我主持编辑的《中华当代诗词文库·宁夏卷》收入他发表的全部诗词共二十首，其中五律一首、五古一首、七绝五首、七律七首、词三首。如同我在《宁夏诗词的过去、现在、未来》一文（《宁夏诗词学会通讯》2007 年第一期）中所说：“在历来宁夏回族自治区级写诗词的党政领导干部中，项宗西同志是唯一能熟练掌握、运用诗词格律的人。他的诗虽少，但却精没有概念化倾向，风格质朴。”

宗西同志 20 世纪来宁夏，历任县、市、区三级领导，时间不短，但发表的诗词数量可谓少，但起点和质量都颇高。他不仅较熟练地掌握了诗词格律，写诗像诗，作词像词，一点不像一些附庸风雅者，不懂什么是诗和诗词格律，胡乱涂鸦的人。这些人因为身居高位、有权有势，编辑敬畏，发表自然不成问题，读者有意见也不好说什么。这实际是对知识也是对自己的极不尊重。宗西同志却不这样。他生于南国诗乡，自幼受过很好的诗词文化熏陶，喜爱诗词，也有深厚的生活和文化积累，写诗虽晚，却厚积薄发。少是因为不成熟的作品不轻易拿出发表，又是因为无急功近利，不扬名而应景，而是有感而发。这样他的诗自有真情实感，也就有了味道，既显示了他的创作才华，又显示了他严肃认真、不图虚名、求真务实的精神。这精神就是境界。

宗西同志诗的质朴是精选诗材，不是诗料不写，（不像有些人把会议、工作过程、政治口号等都当诗写），他写的有文化蕴涵和诗意。另外，在立意、构思、语言运用上也都精心安排选择，抒情方式朴实，毫不矫情造作，基本上都达到了思想情感与艺术表现较完美统一的和谐美。五言律诗《塞上重逢》集中表现出这种美学特色。

“少小结同窗，漂然各一方。难得西北旅，相见鬓已霜。归雁长河歇，疏林大漠黄。韶华虽易逝，秋色胜春光。”首联简单交代了相逢的背景。自幼为同窗好友，毕业为了理想各奔前程。他自己的前程是选择支宁来到塞上。“漂然”一词形象准确地表现了艰难的人生历程、时空跨度。可以想象那时“恰同学少年，风华正茂”、热血、单纯的青春之心，把人生的一切想象得那么顺利。但命运却都不由自主，有顺水也有逆水，有进也有退，有多种可能。以作者而论，中学毕业，正桃李芬芳，该是做国家栋梁之际，便满腔热情响应党和祖国的号召，于 20 世纪 60 年代初离开美丽的江南故乡、温馨的家庭，来到名曰“塞上江南”，实为“风沙四季连云暗”，历史上是罪臣贬谪、充军发配的地方。不仅饱受了三年自然灾害之苦，而且经历了宁夏特有的“双反”（反“坏人”“坏事”）“左倾”政治运动。大批有棱有角有作为的青年无故惨遭迫害，有伤有死，有的被迫回乡，留下来的也都经历了炼狱之苦。作者就是留下来的其中之一，自然免不了风吹沙打。他熬到冬去春来，才乘改革开放和现代化建设东风，一步一个脚印，一身汗水地从基层走上自治区领导岗位。诗的颔联“难得西北旅，相见鬓已霜”，既概括了四十余年的沧桑，又反映了西部大开发为老友相逢提供的大好机遇。“难得”二字既写出了机遇来之不易，又写出了诗人的珍惜之情，同时也传达了这样的讯息：同窗相逢非为“黄金周”旅游，而是因公出差。“鬓已霜”形象地描绘了历经沧桑身已老的状态，自然有悲有喜，感慨万千。我们完全可以想象老友握手言欢、敞怀拥抱、倾心畅谈热烈而感人的情景。短短十六字，“状难写之景于目前，含不尽之意于言外”，深得古诗写法之妙。虽然“相见鬓已霜”，各自头发白了，但都无悲秋冷意。其情何等豪迈、乐观！颔联“归雁长河歇，疏林大漠黄”，写的是作者自己的心愿。

但也可以想象南方来的好友，对身处塞上诗人的感慨，定然说了些惋惜或落叶归根的劝归之话。但诗人对自己的选择无怨无悔，并以来宁引以为豪。南国的“雁子”晚年仍甘愿栖歇黄河，南国的秀木仍愿扎根塞上大漠，开出烂漫花朵，结出金黄果实，描绘第二故乡，也让生命更加灿烂辉煌。以“雁”与“林”的比喻表明心态，亲切、坦然、自信、豪迈。尾联“韶华虽易逝，秋色胜春光”，是境界的理性升华，也即人格的提升。“韶华”是青春、人生最好的时光。虽然容易像流水般消失，但诗人却无悲惜。“秋色”比暮年，自有悲凉之气，但诗人由于热爱人生和塞上第二故乡，故无悲秋之感。“秋色胜春光”，正是人生成熟时的感悟，这是积极的人生观，也是共产党人的乐观主义精神。与那些抚摸着伤疤，一味诉说痛苦的牢骚客恰成鲜明对比。

以上这种乐观主义豪情，也表现在七律《羊年春节回乡有感》《赠党校同学》、词《水调歌头·送友至沪》《忆秦娥·塞上情》《鹧鸪天·为南归学友贺岁》等作品中。诗中写“相逢”“道路”“祝愿”或情深谊长的寄托，都“英雄气长，儿女气短”，都希望借助改革开放和社会主义现代化建设大好形势的东风，扬起理想的风帆再“远征”。这既是对朋友的寄托、期望，又是自我鞭策。由于情感实在，艺术表现也就自然朴实，语言不加华丽辞藻修饰，多为白描手法，语白而意不白，直率豪迈中无不含蓄蕴藉深远韵味，应该说手笔不凡。

“有境界则自成高格。”宗西同志的诗正是他勤奋敬业、为官廉政清明、待人谦虚朴实人格的体现。当前政坛、诗坛正需要这种正派作风。也期望宗西同志工作之余，在保重身体健康的前提下，勤于试笔，写出更多更好诗篇，奉献给区内外读者。下赠七绝一首，以示敬意：

读项宗西同志的诗词

钱塘江水朔方流，清白无污亮众眸。
跌起高潮冲腐败，何忧塞上不丰收。

2007 年 11 月 20 日

建设当代诗词必须彻去陈言

——兼谈诗词的审美情趣

改革开放三十年,有力地推动了中华诗词由古代汉语向现代汉语转型,诗词队伍不断壮大,诗教大为普及,在反映和表现现代生活中日益发挥着积极作用,但实事求是地说,还远未从根本上去掉陈言。

所谓陈言,即陈旧雷同之言,即陈词滥调。如清人黄宗羲所说:“每一题必须有庸人思路共集之外,缠绕笔端……见识议论落于几近。”陈言也非止字句,先在熟意。这个“熟意”就是旧的意象。不可否认,当今一些诗词作者为显示自己的功力,意象和语言多师古,仍主张“无一字无来处”,有权威人士还说电灯、电话之类的新词不能入诗,因为传达不出蜡烛、断桥、残阳等古色古香的韵味和审美情趣。在这种理论的支持下,一些原本用生活化词语、白话写诗的人,怕人讥笑浅露,放弃本色,以逐陈言为能事。随手翻开现在的各级报刊,不难发现有身强力壮的年轻人写散步竟用“拄杖”;明明是北方人写居家,却用“柴门”“茅屋”;一些所谓“势力派”诗人,更陈言多多。在他们编辑的刊物选稿中,也多以陈言为标准,甚至一些青少年诗词创作也多泥古,习作斯文像古人。

陈言不去,既不利于当代诗词普及,又不利于和谐美建设,因此有必要响亮地提出:建设当代中华诗词,必须彻底除去陈言。这既是建设当代诗词的需要,又是构建和谐社会的需要。用著名诗人邵燕祥的话说,当代诗词越是脱离古诗词的腔调越好(见于 20 世纪 90 年代初,作者写的关于诗韵“双轨制”一文)。用陈言的积习难改,原因是不了解诗美是什么,也是传统观念和习惯势力作祟。

文学是语言的艺术,诗是语言艺术的艺术。从马克思主义看来,艺术总是一个时代生活能动的审美反映,又反而影响社会生活和人们的思想情感。语言不仅是人们思想情感的反映,而且是思想的直接现实,是生命的讯息载体,也蕴含着生活的气息。艺术要求和谐,不仅整体上要与时代生活相和谐,而且自身系统诸因素也要和谐。诗则要求情感内容与形式的和谐,形式方面要意象与语言的和谐。只有和谐才能引起审美愉悦,也即美感,但和谐也不是一成不变的,是动态的,不同时代有不同和谐美的要求。总的来说,建立在古汉语基础上的诗词语言与反映的古代生活、古人的思想情感是和谐的。古诗的意象及其语言外壳也是和谐的,所蕴涵的韵味则是那个时代的审美情趣,但那是旧的和谐。“文随世变”,“文变染乎世情”。“若无新变,不能代雄。”(南朝梁·萧子显《南齐书·文字传论》)“文章为时为事”而作。由于时事世情变化,以文言文所写的诗,尤其是格律严格的诗词,已不能表现新时代人的思想情感。仍用旧语言、旧文词,与内容自会格格不入,极不和谐。如果现在有女人叫自己的男人为“相公”,有男人称自己的妻子为“娘子”,会让人感到滑稽可笑,所以《礼记》才要人“毋剿说,毋雷同”。宋人陈骙在《文创》中指出:“古人之文用在古人言也。古人之言,后世不能尽识,非得训切(训诂、考据,引者注)。”语言是意象的外壳。时代变了,要使意象推陈出新,必须破除语言外壳。不破蛋壳,鸡子难以出生;如吃坚果,不破外壳,怎能尝到果仁的美味?而人云亦云、鹦鹉学舌则毫不动听。金人元好问《论诗》三十首中的一首说:“窘步相仍死人前,咋酬无复思前贤。纵横正有凌云笔,俯仰随人亦可怜。”清人顾炎武《与人书十七》则说:“终身不脱‘衣傍’二字,断不能够登峰造极。”清人何绍基《与江菊七论诗》则说:“诗是自家的作品,便要说自家的话,一断无公共用用约。”清人黄遵宪说:“我手写我口。”清人袁枚在《随园诗话》中指出:“以出新意,去陈言为第一著。”《论语·乡党》云:“祭肉不出三日,出三日,则不食矣。”

语言的历史,其实是一部推陈出新的历史。屈原打破了《诗经》《四言》限制,创新了“骚体诗”。当初白居易等人掀起新乐府运动,也是以新的时代精神召唤新的语言。韩愈倡导的古文运动,以散文反对浮华廉丽的骈体文,提出了“唯陈言务去”等革新主张,才能够文起八代之衰,把唐代散文在先秦两汉古文的基础上推向一个新的高潮。

唐诗宋词元曲不仅是字句节奏上的变化,而且是突破陈言,使用新语言的结果。推陈出新不仅是一个时代的要求,而且是任何时代艺术发展的要求,更是诗歌艺术固有的规律,可以说没有创新就没有语言的发展史书。而任何一部文学语言发展史,总是每个时代的人在否定、批判传统,又在创造、丰富传统。传统是永不干涸、涌波浪翻的长河。

接受美学告诉人们,语言的存在本身不能产生独立的意义,而意义的实现则是依靠读者通过阅读使之具体化,即以读者的感受和知觉经验将作品中的空白处填补起来,使作品的未定性得以确定,最终达到文学作品的实现。而陈词滥调却不能给读者以审美愉悦,徒使人们产生审美疲劳,消耗精力。

读者永远有着求新的需求。创新是历史和诗歌不断传承、发展的动力。韵味和审美情趣则是通过读者不断地积累审美经验培养起来的。艺术心理学也告诉我们,包括语言在内的一切艺术形式的心理学依据是生命的需求、创造求新的本性和欲望。新鲜优美的语言自有情感的强度。这种强度首先给视觉以冲击,同时引入强烈的情感反映,并促使情感流转。情感流转会促进艺术形式的变化。这是旧的书本语言不可能有的。俗话说,“话说三遍没人听”,再多说,“耳朵会磨起茧子”,感觉神经也会麻痹。而新鲜语言则能够引起读者的兴趣,激发他们的心理能量,渐成心理定向、心理结构,也就是习惯。“少成若无性,习惯成自然。”自然而然地也就养成新的审美情趣。如当初中国人听美声唱法,和改革开放初期听气声唱法一样不习惯,如今不都习惯了吗?

历朝历代的诗词,也都吸收新的词汇,最初也被守旧者指责为不伦不类,以后渐渐又都习以为然,并传承下来。如葡萄、胡麻在西汉以前的诗中是没有的,而是从西域引进的,到唐朝不是产生了“葡萄美酒夜光杯”脍炙人口、千古流传的名句吗? 新中国成立以来,“战斗”“解放”“干部”“干劲”,如今的“生态”“精神家园”“环保”,近来的“神舟”“救援”“爱心”“真情”“帅哥”“博客”“奥运”“节能”“排污”等层出不穷的新名词,不也被人民接受,并使人耳目一新吗?这些新词足以使人感到社会主义时代扑面而来的新生活气息,这气息使人精神焕发、气势昂扬。再如20世纪50年代新民歌中常用的“楼上楼下、电灯电话”,则鼓舞人们为建设社会主义理想而奋斗。何以说电灯、电话之类的词不可入诗词? 而今再写妻子称“贱妾”,送别用“折柳”,这是多么不合时宜。用生僻典故的苦涩,我曾在十三年前所写的《生命之树常青——浅谈汉语诗韵改革》一文中说过,过于生涩,使人心里感到厌烦,等弄懂了语意,诗味也就荡然无存。这也就是广大读者,尤其是青少年读者,对传统诗词感到神秘,望而生畏,近而却步的原因。

当然不同读者所受的教育及文化修养不同,对诗词的审美趣味也就不同。审美教育必须从实际出发。但无论如何,任何时代,诗词都是面向大众的。少数专家学者喜欢文言诗词是他们的自由,但那是诗词研究,不属于当代诗词建设。

推陈出新,不仅要解放思想,剔除旧的传统观念、习惯势力,树立新的美学观价值观,而且要有“英雄气象”,要有“敢为天下先”的精神,即“人不敢道,我则道之,人不敢为,我则为之”(明·谢榛《四溟诗话》)的精神。创新既是发现,又是表现。只有创新,才会发现自己的本质力量,更是对自己创造力的考验。敢字当头,才有了自信。

有自信的人才会有如宋人姜夔所说的“人所易言,我寡言之;人所寡言,我易言之”。这就是专门迎难而上,从难从严,披荆斩棘,逢山开道,遇水架桥,开拓新境。明人都穆所说的“丈夫志气”。有“丈夫志气”，就有敢于与传统观念和旧的习惯势力决裂的勇气和无所畏惧的精神。就这一点，诗词应该向新诗学习。

有自信就会超越自我狭隘的小生产心态，也就敢于与自我惰性作斗争，哪怕有风险，有粘皮带肉的苦痛；有信心就会大胆从事创新的艺术实践，不怕别人评头论足，稳坐钓鱼台，任凭风浪起。走自己的路，用自己声音歌唱。相信中华诗词当代化，必然会成功地迎得广大读者喜欢，更要相信只要中华母语存在，诗词就“一万年也打不倒”，诗人词家的生命创造就会有永恒价值。

推陈出新，不是一味追求语言的险怪。用现代汉语言白话文写诗，也非提倡直白浅露的口水诗。而是既要“师古”，学习古诗词有生命力的语言及前人创造意象、描写意境的方式，又要以“五四”以来的优秀文学作品为典范，对生活语言进行加工提炼，成为诗的语言。

要彻底去掉陈言，必须有坚韧毅力。毅力来自历史与时代的使命感与责任感。一代代人清醒自觉地努力，就能彻底破除陈言，为当代中华诗词增光添彩，把当代中华诗词逐步推向现代化，以漂亮姿态呈现于世。

2008年7月27日

对唯温柔敦厚诗教的质疑

近年来我们诗国雄风不振，与“唯温柔敦厚诗教”有关。温柔敦厚本是我国文学的一个术语，指含而不露、婉约阴柔的风格，但两千年来却成了中国诗教的唯一宗旨。近年，随着国学国潮不断升温，温柔敦厚被一些人推崇有加，一些诗评家甚至把它视为诗艺最高标准，从而贬低反映与讴歌时代社会生活、歌颂人民丰功伟绩的阳刚豪放之诗。这是不正常的，既不符合科学的诗歌美学原理，也不利于有中国特色社会主义和谐社会的建设。

“温柔敦厚”一词最早出于《礼记·经解》：“孔子曰：入其国，其教可知也，其为人也温柔敦厚，诗教也。”孔颖达《礼记·正义》解释《诗经》中的作品，对王室政治有所讽刺，但并不直接尖锐地揭露，故教人温柔敦厚。可见温柔敦厚是孔子教人立身处世的政治态度，而不是真正教人作诗。虽然做人与作诗有关，但诗毕竟是诗，诗有诗的特性和规律。孔子这样说的目的与他的政治主张有关。

孔子是儒家始祖，出身贵族，少时贫贱，学无常师，曾随老聃学礼，随苌弘学乐，随师襄学琴，早年曾在鲁同“摄行相事”，仕途不顺，五十岁后周游列国，求人用而无人肯用，晚年从教，整理《诗经》《尚书》，大兴“仁学”，主张“忠恕”“克己复礼”，以礼规范仁学，以“温柔敦厚”的诗教为礼。教人温良恭俭让，做谦谦君子，实为维护封建秩序，并非以诗满足人的生命需要、使人格完善。后世尊孔者出于同样的政治目的，把温柔敦厚的艺术风格推为压倒一切诗品的极品。这样的诗教，所达到的效果不仅压抑了人的个性，而且抑制了艺术多样化，尤其是社会政治抒情诗，致使诗的美学系统失衡。

包括诗歌在内的艺术是人类生命的需要。人类需要的艺术是多层次、多种类的，既有作为自然人为释放生命能量，求得生命平衡，本能需要的阴柔型；又有作为社会人认识、理解社会，按照理想（美的原则）改造社会，追求实现个性解放，发挥自由创造才能的高层次需要的阳刚型。两种艺术类型的诗又都是不同情感的需要。故罗丹说：“情感就是艺术。”《礼记》说人有七情：喜、怒、哀、乐、爱、悲伤、恐惧。它们都是诗的内容，所以鲁迅也说“嬉笑怒骂皆成文章”。情感表现在艺术家身上就是题材、风格，表现在欣赏者身上就是趣味。人类需要的艺术趣味是多样的，而且在不同的生存环境、生态状态，不同时间、年龄段，对艺术的需要也各不相同。沉重时需要轻松，郁闷时需要欢快。南朝梁人钟嵘《诗品·意境》说得更为具体：“嘉会寄诗以亲，离群托诗以怨，至于楚臣去境（屈原放逐之事，引者注），汉妾辞宫（昭君入塞，引者注），或骨横朔野，魂逐飞蓬，或负戈外戍，杀气雄边，塞客衣单孀闺泪尽……及斯种种，感荡心灵，非陈诗何以展其义？非长歌何以骋其情？”

诗是心声的流露，言志抒情的艺术。诗人是人民的代言人。人民疾苦，需要关怀抚慰，诗人岂可无动于衷，漠然视之或听之任之？面对邪恶蹂躏正义，一味温柔敦厚、温良恭俭让，岂不是爱憎不分、是非不辨，十足虚伪自私的小人和糊涂虫？

是温柔敦厚，还是直率豪迈，是两种不同的诗品，也是两种不同的人品和境界。比起在是非面前含而不露、温文尔雅、谦谦君子之风的温柔敦厚，敢于表明自己的态度，抒发愤怒之情的直率豪迈诗风，自是崇高境界英雄之气。

以上就诗的思想情感即艺术内容而言。从诗的“言志抒情”艺术表现方式来说，言应明白，情需畅快，才易于打动读者的心，易于引起共鸣和情感交流。反之欲言，含而不露，欲抒情而吞吞吐吐、遮遮掩掩，常使人难识“庐山真面目”，不少时候是一头雾水，很难引起人们的共鸣。从读者面来说，温柔敦厚之诗只在少数文人圈子中玩味，直率豪迈之诗多在广大群众中传播，这是不争的事实。

俗话说“尺有所短，寸有所长”，寸和尺各有各的作用，长短总是相对而存在，万全万能之事只是主观想象，而非客观存在，诗亦同理。从创作主体来讲，诗人经历、个性不同，又各有所爱、擅长，各有服务对象，什么时代唱什么歌，什么场合说什么话，不可强求一致（也不能求得一致）。两者本无高低优势之分，诗教、诗评又何以厚此薄彼？须知在需要直言畅抒情怀的场合，尤其是民族民生需要分忧解难的时刻，优美的温柔敦厚是多么不可时宜的尴尬，而富有理性崇高美的直率豪迈是多么自信、刚强、洒脱。荆轲刺秦绝不可温柔敦厚，而直接的“奔突的表情”（梁启超）才显示出壮士的豪迈风度。

“作文各自有体。或简或详，或雄健，或稳妥，不可以一律论，盖文气随人资秉，清浊厚薄，所赋不同，则文辞随之。”（元·倪士毅《作文要诀》）“快人诗必潇洒，敦厚人诗必庄重，倜怅人诗必飘逸，疏爽人诗必流丽，塞涩人诗必枯瘠，丰腴人诗必华瞻，拂有人诗必凄怨，磊落人诗必悲壮，豪迈人诗必不羁。此天之所赋，气之所秉……”（清·薛雪《一飘诗话》）。关于直率豪迈，刘勰在《文心雕龙·

风骨》中说:“结言端直,则文骨成焉,意气骏爽(快利爽朗,引者注)则文风生焉。”白居易指出“其言直而切”。“凡诗,欲畅于众耳,若费解费想,便是哑谜,非诗矣。”(明·江盈科《雪涛诗评》)这些话说得多么透彻。古人尚无偏见,今人怎能不如古人?

实事求是地说,我国三千年诗歌史上温柔敦厚诗教对婉约阴柔派诗风的形成起了不少作用,且佳作不少。但好诗不都是清一色的温柔敦厚,还是大量的富有阳刚豪放美之诗。单以孔老夫子亲手删过的《诗经》来说,虽然他说“诗三百篇,一言以瞥之,思无邪”,但这只是他的主观愿望。正如孔颖达《诗经·正义》所说:“(这种说法,引者注)也不符合《诗经》的实际。”《诗经》“风”“雅”中直刺统治者的作品就不少,《硕鼠》是其中典型的一首。此诗以硕大老鼠骂贪官污吏,愤怒之情达到了极点。但孔子也没有将其删除,这自然不是他疏忽,而是生活的客观存在不可回避,艺术规律不可违背。

其实,在诗的功能问题方面,孔子的认识也是自相矛盾的。他说,诗可以“兴观群怨”。“怨”难道不是怨愤?怨愤的姿态绝不是温柔敦厚。我国诗歌中有“美”也有“刺”。“美”是赞美,“刺”是讽刺,两者都是艺术的功能、人生的需要,也都各有好诗。屈原的《离骚》,《乐府》中的民歌,杜甫的“三吏三别”,白居易的《秦中吟》,高适、岑参的边塞诗,苏轼、陆游、辛弃疾、柳永、岳飞的爱国主义诗作,文天祥的《正气歌》,或美或刺,爱憎鲜明,表达方式直率豪迈,阳刚美十足,非温柔敦厚,不也脍炙人口、流传千古?所以不论刘勰将我国诗分为八体,司空图分为二十四品,严羽分为九品,都把雄健豪放、富有阳刚之美风格列于上品,与其他各品共呈多样美。应该说这是实事求是的科学态度。

艺术风格的多样化是常态。多样可以使不同风格的艺术相互参照、相互促进、相映成趣,共同反映人们丰富多彩的心灵世界,满足人们多方面的艺术需求。但多样化非自由化、杂乱化,要“化而不失本调”(明·胡应遴)。“本调”就是时代精神的主旋律——阳刚豪放之美。非此不可成为大手笔。

中华五千年风雨历程就是一部刚柔相济的史诗、崇高和谐的美学史。毛泽东诗词是集豪放阳刚美集大成者。他在读过柳永的《乐章集》后说:“词有婉约与豪放两派,各有兴会,应当兼谈。”说到他自己,他自称兴趣是“偏于豪放,不废婉约”。这是非常真实而确切的表述。而且毛泽东创作的歌颂我国社会主义革命和建设、抒发人民革命豪情壮志的诗篇,开创了新豪放阳刚崇高和谐美的诗风。

当今世界充满矛盾,我国现代化建设面临严峻挑战。我们既需要温柔敦厚诗友,陶冶人们的优美情操,满足闲适心情的需要,又需要豪放阳刚崇高美诗教培养中华儿女的豪情壮志,塑造英雄品格,并帮助人们正确认识世情国情,重振诗国雄风，激励建设者的豪情壮志，迎接挑战。为此，我们的诗教应以刚柔相济为宗旨，才能让我国的诗美系统平衡协调发展。这也就是我国社会主义大文化的特色。学习、实践科学发展观必须解决这个问题。我们既要肯定温柔敦厚之诗风在历史中起过的积极作用，予以继承，同时也要认清它抑制阳刚诗风和民族个性的负面影响，加以批判，更要深挖和利用我国历史文化中的其他资源，继承和发扬常被正统儒家学派视为“异端邪说”的道家的思想精华。《庄子·逍遥游》鲲化鹏飞体现的就是自由自在的精神，比起儒家重道德规范抑制个性的文学思想更科学。庄子重心灵开放。庄子《齐物论》中“道通如一”的“用通”精神，与地球村概念一致，颇具现代意义。它教人追求和谐，尊重每个个体，尊重群体之间的差异。这种思想不仅为哲学，而且为文学艺术提供了丰富的养分。

另外庄子“独与天地精神来往”(《天下》)，在动荡时代做清醒者的思想也开辟了新文风。“厚天地之美达万物之理”(《庄子·内篇·德充符》)的本真性情观，即审美人生观，颇有艺术的审美精神和雄风大气。这些都在中国艺术美学发展中起了关键作用，我们今天应该充分利用，与孔子的诗教结合，使刚柔相济美学成为我国诗教的核心内容，以推动我国新的崇高和谐美建设，进而推动有中国特色社会主义的大文化发展繁荣。这也是中华民族对世界文化、人类精神文明作出的贡献。对此，我们应该充满自信。

2008年9月27日

浅谈诗的意象艺术概括

——兼谈政治抒情诗创作

怎样写诗，写诗有无技巧，这一直是初学写诗人关心的问题。我以为意象艺术概括起来就是写诗的基本技巧。

诗是心灵的歌、情感的火。不论什么体裁的诗，要深刻反映心灵和情感世界，都要讲艺术概括。艺术概括不同于科学的逻辑思维，即通过概念对某些事物相同属性的抽象，以达到对事物本质和规律性的认识。概念是干瘪、枯燥的。而文学作品则是以形象思维为特点的艺术概括，即通过观察生活吸取素材，刻画环境和塑造人物形象，达到对生活本质的认识。因形象有具体性、典型性，故能集中反映生活，收到以小见大、以少胜多，以一当十、以点带面，以一滴露水反映一个世界，以有限表现无限的巧妙艺术效果。作为语言艺术的诗，属形象思维，但又比一般形象思维更能表现情感世界，以达到抒情和审美的目的。诗的意象比一般文学作品中的形象更具体，更凝练，更生动，更有灵活性与穿透力，因而也更有艺术概括力。

意象是主观的意与客观的象的有机结合，是诗歌生命的基本元素，构成意境的原件。“观意象而运斤”（南朝梁·刘勰《文心雕龙》），“斤”是艺术的法度，“运斤”是按照艺术的法度将意象巧妙组合、构思成篇。这是一个不断深化和提升的动态创作过程。

意象之所以有这个特殊功能，是“意向”具有含情带形的抽象性。这种抽象与逻辑概念的抽象不同，是符合人心理程式的智慧表现，是适应精神世界的抽象，是生命的和谐运动，有丰满的血肉、鲜活流淌的血脉和气韵，有支撑的骨骼、洋溢的情感，能激活想象（联想的幻想），以特殊审美判断对纷呈万象、杂乱无序的生活进行梳理、选择、整合，并按照“自然内在的规律”（康德）和“原有经验进行艺术推理”（罗丹）。这样的抽象也即著名诗论家杨金亭先生所说的“合目的性，合规律性”的选择，是“诗人从自由王国走向到必然王国”，“全方位的艺术把握”（《攀登兰山》序言）。

意象抽象概括的艺术特点是意在象外、含而不露的象征性与间接性。意象用"斤"时要省略不必要的交代和多余的描写，省去如"像""是""宛若"等判断动词，多用隐语，用意象开拓境界。对此一般新诗作者懂得，而旧体诗作者大都不甚明白。常见的毛病纵是短短的五言、七言绝句，写时虽已命了题，但起句还要直白点题，接着又直白交代。如一首写朝阳的诗，起句是"东方一轮红太阳"，承句为"照得心中亮堂堂"。而意象的写法则省去"东方""一轮"和"照得"等词。因为太阳只有一轮，必然出自东方，自然照亮世界。这是常理，不说自明。省去以上废话，直接切入写人对太阳的感受，既简练又能给人以想象空间，诗也就拓宽拓深了境界，诗味也更隽永。

比起绝句，律诗中多了两联，容量相对大些，古风有更大自由。但如不用意象概括，不加提炼、剪裁，事无巨细、面面俱到地铺陈，结果广而不深，还是挂一漏万。而用意象概括，效果则大不一样。

生活的丰富性决定了意象和用法的多样性，但用什么象要根据意而定。如意在歌颂自然美，就用花草树木、鸟兽虫鱼、田园山水等自然意象；如意在赞扬政治清明，就用社会或历史意象。"意贵创新"，象也必常新。新在对生活新的体验与感受。多样的意象总是互相联系、相辅相成、相映成趣的。使用时有的作为总体象征意象，有的为局部意象；有的单独使用，有的交叉使用，或意象群的密集叠加使用。如毛泽东的词《卜算子·咏梅》，"梅"是总体象征意象，象征高风亮节、信念与操守。但"风雨""飞雪""悬崖百丈冰""花枝俏"等都是局部意象，用以衬托环境艰难和梅高洁。《沁园春·雪》以自然界的雪作为总体象征意象，象征北国风光，而又以"千里冰封""山舞银蛇""原驰蜡象"的局部意象衬托雪——北国风光"引无数英雄竞折腰"的壮美；又以"唐宗宋祖略输文采"和"成吉思汗只识弯弓射大雕"社会历史意象的复合使用，衬托地灵人杰、北国豪放崇高美的民族精神、人与自然社会的和谐美。

意象的间接性在结构谋篇时，只能是国画式的大写意，非毫发毕细的肖像画或工笔画。杜甫写草堂的七律，意在表现草堂的宁静幽雅和谐美，只用"两个黄鹂鸣翠柳，一行百鹭上青天，窗含西岭千秋雪，门泊东吴万里船"几个数字和不同颜色对画面进行描绘。毛泽东的《七律·长征》是意象抽象概括的典范。长征是经历万水千山的史诗，用五十六个字概括，难度极大。而毛泽东却用了"五岭逶迤腾细浪，乌蒙磅礴走泥丸。金沙水拍云崖暖，大渡桥横铁索寒"八个具体并列的意象，概括了长征的艰难环境、险要形势和"红军不怕远征难，万水千山只等闲"的英雄气概。

意象运用的间接性有时表现为使用典故。典故是浓缩的历史意象，有包容性，但必须是人所熟知的，让人明白。意象组合还可用时空交错，大开大合、大跃动、大省略的蒙太奇方式。如马致远的《天净沙》，“枯藤老树昏鸦，小桥流水人家”，用六个疏朗意象，粗浅条地勾画出了古代农村荒凉的破败景象，从而表现出“夕阳西下，断肠人在天涯”的羁旅愁怀。贺敬之的诗也常用大跃动，如《放声歌唱》中“……春风、秋雨、晨雾……”概括四季景象；“五月——麦浪，八月——海浪，桃花——南方，雪花——北方……”概括变化的空间，境界因之显得雄浑、博大、壮丽。

意象抽象概括不排除思想。我国新诗泰斗艾青说过：“诗要有激情，也要有闪光思想。”（《诗论》）这个思想是情思，即意向性。

诗的意象艺术概括不光适用于表现我国古代以王维为代表的“诗中有画，画中有诗”的山水田园诗，或以陶渊明为代表的“采菊东篱下，悠然见南山”的生命体验诗，或近代西方形成的以庞德为代表的意象派诗。作为诗的基本艺术概括手段，意象抽象也适用于社会政治抒情诗。只不过不同的是社会政治抒情诗用的大意大象、大手笔概括的大境界。

“唯意象论”认为政治不可以入诗，政治抒情诗是非诗。这是西方“纯审美”的艺术偏见，既不符合诗的美学原理，又不符合中国诗的传统。

文学是生活能动的审美反映。政治抒情诗不论歌颂还是批判，是“美”还是“刺”，本质上都是诗人对社会政治生活体验、感受的情感反映，是对光明的向往。能动反映非机械反映，更非图解政治概念，而是要求以政治为背景、为灵魂，表现社会人生的真情实感。这是因为政治不论任何时代社会，都是关系国家民族及个人命运的大事；政治抒情诗不论“美”“刺”，都是促进政治文明、社会进步，也是作为社会人的最高需要。政治意识是大局意识，政治的情感是可贵的情感。一个国家民族关心政治总是觉悟和素质高的表现。比起单纯反映自然和生命体验优美的意象派抒情诗，社会政治抒情诗更有深度和广度、深刻认识和审美功能，有豪放阳刚的美学品格。

“言志抒情”是我国社会政治抒情诗的现实主义传统。历史上，它在表现民族、民主和捍卫正义斗争的英雄气概中起过无可代替、无法估量的作用。从《诗经》中的《雅》、屈原的《离骚》、汉魏《乐府》中的一些民歌、刘邦的《大风歌》、项羽的《垓下歌》，到李白、杜甫、辛弃疾、柳永、陆游、苏东坡、王安石、文天祥、岳飞等诗人，无不写过激情洋溢、思想深刻的英雄主义爱国政治诗篇。“五四”时期的郭沫若、鲁迅，抗日战争时期的田汉，解放战争和民主革命时期的烈士诗人，社会主义革命与建设时期毛泽东等老一辈无产阶级革命家诗人，艾青、臧克家、贺敬之、郭小川、李瑛等诗人，也都写过脍炙人口的政治抒情诗。他们的诗无不是人民革命建设的优质精神食粮。

政治抒情诗不仅是中国诗的传统，而且被世界各国重视。各国的国歌、无产阶级的《国际歌》，都是经典的政治抒情诗。近代西方艾略特的《荒原》、庞德的《地铁车站》，实质上也都是用意象手法表现社会政治内容。《荒原》表现了西方物质文明背后的精神荒原；《地铁车站》反映了西方现代社会人的茫然、拥挤、挣扎。

唯意象论者贬低政治抒情诗的一个论点是抒情方式直白，不间接、不含蓄。是的，比起意象派诗，政治抒情诗是少了点含蓄，但非全无含蓄；多了直接抒情，并非全无间接手法。艺术总是内容与形式的统一。政治抒情诗高远的意必取高大的象；意象的运用方式必然直率豪迈，有时要直接些。但间接与直接是相对的，只要是诗，必然要用意象概括。不论是总体意象还是局部意象，都有间接、含蓄的特点。意象的珠子需要直线串联。直接也非直白，白也是色彩。如“泪眼问花花不语”，“泪眼”“花”是意象，很含蓄，但“问”就是直言，说明情感。又如“劝君更进一杯酒，西出阳关无故人”，“酒”是意象，若无“劝君”“更进”“一杯”“西出阳关”这些直接的词说明，劝告的目的何以达到，又何以对面交流？含蓄是美，直率也是美。闺中少妇有含蓄美，直面现实的英雄则有阳刚豪放美。终日封闭于高楼绣阁，足不出户，纵出户又蒙着盖头，谁知美在何处？这样的美只可孤芳自赏，于人何益？芳是要流传的，传是直接的；生命的光彩是辐射状的，辐射是直线。有时直接比间接更能将情感快速传递给读者，引起心灵共鸣。辩证法告诉人们，事物总是相比较而存在，相促进而发展的。诗的抒情方式也是这样。隐中有显，显中有隐，直接中有间接，间接中有直接，相辅相成，贵在适度，过犹不及。有些新诗乱用意象，节外生枝，凭空想象，语言拖沓芜杂，形式散漫，过于晦涩，广大读者难以读懂。这是新体诗的通病。

诗的抒情方式既取决于所表达的情感内容，又取决于作者的个性和服务对象。闲适者寄相思，自然多含蓄、间接抒情。革命家有丰富的社会政治生活阅历，写诗是为唤起和鼓舞民众为实现政治理想而奋斗，人民群众也需要政治抒情诗，这是不争的事实，政治抒情方式自是直率豪迈。语言的作用是恰到好处。为了表现激越情感、闪光思想，有时免不了用些形容词，如表现对党、祖国、人民的无疆大爱时，不妨加上“伟大”“亲爱”“万岁”或其他形容词，这都不是多余的。形容词的功能不就是用来状物之形状容貌吗？我国的国歌是典型的政治抒情诗，其“不愿做奴隶的人民”是总体意象，“把我们的血肉筑起新的长城”是形容词。“中华民族到了最危险的时候”也是形容词，形容民族命运的危急，深刻警示人们要认清形势。“每个人都强迫发出最后的吼声”也是形容词，在理性地提醒人们看清生存形势的严峻，号召人民“起来……万众一心，冒着敌人的炮火，前进……”用直接抒情方式，才把爱国英雄之情一步步推向高潮，化作不可阻拦的力量。试问戴望舒的《雨巷》、徐志摩的《再别康桥》能与国歌相比吗？

政治抒情诗是时代的大手笔，是时代精神的喷射器，是多样化诗美系统中“化而不失本调”(明·胡应麟)，这“本调”就是主旋律，因此政治抒情诗的存在天经地义。试图把它排除在诗外是毫无道理的，只能减弱诗国雄风。我们的诗歌美学应是刚柔相济的。

实事求是地说，新中国成立以来的政治抒情诗，尤其政治节日颂歌，一直存在公式化、概念化的倾向。“文化大革命”中的政治抒情诗更是假大空的标语口号，是对真诗的反动。新时期以来，政治抒情诗，尤其是颂歌也出现了一些有真情实感，富有艺术魅力的作品。如《诗刊》社 20 世纪 80 年代初发表的一些诗，歌词界的“唱支山歌给党听”“党啊我亲爱的党”“祖国颂”“长江颂”“小平同志你好”。但出于惯性思维和艺术惰性，大部分政治抒情诗缺乏意象艺术概括。新诗刊物少刊发，写的人也很少。旧体诗界虽多有人在写，但严格地说，那是以诗的形式作的政治表态，是政治概念的图解。其热情难能可贵，其意象老化雷同，写作手法千篇一律，尤其是重大政治节日内容的，质量不敢恭维。但决不能泼污水连盆中的孩子也一起扔掉。人类社会需要政治抒情诗，中国社会需要政治抒情诗。社会政治抒情诗是中国诗歌的特色，只要学会运用意象概括的艺术手段，尽管写好难度很大，但政治抒情是完全可以写好的。

如何写好，既要热爱社会生活，有深入政治生活的体验和感受，又要继承传统，用意象概括方式。继承是创新的前提写作，不能白手起家、另起炉灶，意象有沿袭，要使用得有创造性，更要勇于探索。首要的是提高思想水平，加深政治修养和艺术修养，善于从生活中炼意、取象，按照意象抽象规律概括表达思想情感。最近笔者在编稿中欣喜地发现了突破的好苗头。

宁夏回族自治区政协主席项宗西同志歌颂党十七大的诗就别开生面。作为十七大代表，他没有正面去写十七大的政治意义和自己的激动，而是借题十七大代表“沈利萍献给大会的国画《盛世和谐图》”，通过对画面意象的描绘来抒发爱党之情。又如一首歌颂新中国成立六十年的诗，也别开生面。它没有概念的抽象，而是用“花甲一轮大写人”的意象来概括六十年沧桑巨变，又用“翻身奴隶挺腰身”“改天……换地”等具体意象，集中凝练地概括了六十年新中国的辉煌业绩。

《诗刊》今年的祖国颂征稿启事，提示我们如何克服一般化、概念化，具体表现新中国六十年的丰功伟绩。它除过要求正面歌颂外，还提示举凡大地城乡、山水风光、重大工程、日常劳作，历史与今天、现实与梦想、改革与开放、垦戍边、保护国家利益等均可入诗。主要栏目有“大地辽阔”(表现家乡、大地、父老乡亲、海岛边疆)，“民族花环”(各民族抒写自己家乡的风水人情及六十年巨大豪迈)、“在祖国怀抱里成长”(普通人与祖国命运相依存，以及有关亲情、友情、爱情的成长记录)、“历史瞬间”(六十年中国的某个记忆)、“春天的故事”(改革开放以来祖国的变化)、“人物”(对六十年来有影响的人物的描绘与记录)、“打工与建设”“家乡美”“游子吟”等。提示作者写社会政治诗要从大处着眼、小处落笔,从生活出发,选取新的角度、新的意象,多侧面、多层次、深入而艺术地概括生活的真情实感。这不仅是提高政治抒情诗,而且是提高一切体裁诗质量的基本途径。

2009年6月21日

境界高远雄浑　精神自可昂扬

——浅谈社会政治抒情诗的艺术境界

社会政治抒情诗，不仅指直接表现对政治生活感受的诗，而且包括以政治为背景，间接表现人们对社会生活方方面面感受的诗，其含义比狭义的政治抒情诗更宽广。当今，人的自然属性、需求被强调，描写山水田园自然景物的诗被抬高，社会政治抒情诗被视为没有“情景交融”的意境，即无艺术境界的次等诗。因之写得人少，写了也常遭诟病，故诗国雄风不振。

对此，本文想就什么是诗的意境、如何看待社会政治抒情诗的艺术境界谈谈拙见，以求教于方家。

意境本属我国传统美学范畴，是人们对客观物象感受的真实表现，也是创作过程中追求的审美目标。具体地说，是通过主观的立意与选取的客观物象构成的意象，按照“窥意象而运斤”（南朝梁·刘勰《文心雕龙·神思》）的方法进行组合，通过语言描绘心灵图画、情感处身之所，是艺术中的心理现象，也即读者通过想象（联想、幻想）欣赏的艺术世界、精神殿堂。

凡是成熟的诗，不论什么类型，也不论是美（颂歌）是刺（批判），都有意境。共同的特点是意在象外，虚实结合，浑然一体，空灵富有韵味。境界本身不分高低优劣，只是特色、功能、艺术效果不同，作者的表现功力、达到的程度、读者的欣赏水平不同而已。形象地说，不论什么诗的境界，自身都有个高度，能否达到全靠人们的劲力。

描写自然风光，如王维的“诗中有画，画中有诗”的山水田园诗，陶渊明的“采菊东篱下，悠然见南山”的生命体验诗，都有着“情景交融”的优美意境，含蓄而耐人寻味，满足的是人们，尤其是经过战乱年代的自然人闲适心情的审美需求。对此类风格的诗自然应该提倡，但绝不能以此贬低作为社会人需要的社会政治抒情诗。

社会政治抒情诗虽没有情景交融，但并非没有意境。“境非独唯景物，喜怒哀乐亦人心之境也，故能写真境物，真情感者，谓之有境界，否则谓之无境界。”

（王国维《人间词话》）唐朝王昌龄进一步说："诗有三境，一曰物境。欲为山水诗，则泉石云峰之境。极丽艳秀者，神之于心，处身于境，视野于心，莹然（明亮，引者注）掌中，然后用思，了然境象，故得形似。二曰情境。娱乐愁怨，皆张于意而处于身，然后驰思，深得其精。三曰意境，亦张之于意，而思之心，则得其真象矣。"（《诗格》）其实这第三境界"意境"，也即情境。俗话说，有情有义。故清人布颜图更明确地说："情境，境界也。"情境融合，就是社会政治抒情诗的艺术境界。比如陆游的《示儿》："死后原知万事空，但悲不见九州同。王师北定中原日，家祭无忘告乃翁。"虽无一点景物描写，却处处洋溢爱国之情。情在国家失地之恨，生前不见收复之悲，期望统一的焦灼，一片爱国真情跃然纸上。这样的真情是客观社会生活感受的真实表现，又是"思而得之"的。思是情思，即情理，属意识形态。这种"思与境偕"（偕同、融合），也即情与境合，是实实在在存在于艺术中的真境界，实为真情。情因被理性过滤，思想光辉照耀而纯真，沿理性河床涌动闪烁美的浪花。这样的境界高远、深沉、雄浑。正如司空图所说："大用外腓，真体充内，返虚入浑，积极为雄，具备万物，横绝太空，荒荒油之，寥寥长河，超以象外，得其环中，持之非强，来之无穷。"雄浑的境界自超凡脱俗，脱离一己之喜怒哀乐的小家子气，富有忧国忧民的阳刚豪放大气，呈崇高和谐之美，是"理想境界"也是"造境"（《人间词话》）。这类诗不无含蓄，但抒情方式更多直率豪迈。如果说单纯的山水田园诗韵味如龙井茶般清淡、隽永、令人回味，满足的是人的本能需求，其阴柔美感令人沉醉，甚至乐而忘忧，心灵被浸润，浮躁化为宁静，粗野变为文明，促进的是人与自然和谐的生态建设，那么社会政治抒情满足的则是人们更高的社会需求，韵味醇厚如高粱酒，能给人壮美之感，不仅不会使人沉醉，反而能给人思想启发，让人清醒地认识到自身的生存环境、状态和为实现理想奋斗的历史使命与责任，促进的是人与社会和谐及精神文明建设。

社会政治抒情诗是我国"为时为事而作""诗言志"，关心国家民族命运、民生疾苦的传统。历史上流传下来的名篇很多，有直接描写政治兴衰的，如屈原的《离骚》，表现的是为实现祖国政治理想忍辱负重、上下求索，虽九死犹未悔恨的报国之情；刘邦的《大风歌》，表达了天下一统的壮志豪情；杜甫的"乾坤含疮痍，忧虑何时华"（《北征》）、"许身一何急，窃比稷与契"（《自京赴奉先咏怀》）；岳飞的《满江红·怒发冲冠》，激昂慷慨、气壮山河，表达了雪耻复仇、重振山河的必胜信心；《诗经·魏风》中的《硕鼠》和《代檀》，直接抒发了人民大众对统治阶级的谴责和抗议；《大雅》中的《板》《荡》开了讽刺诗的先河；以白居易为首的新乐府《轻肥》《卖花》《红地毯》都是指向封建统治的匕首投枪，情境历历在目，何以说无？间接表现壮志豪情的有文天祥的《过零丁洋》，"人生自古谁无死，留取丹心照汗青"，表现了抗敌被俘宁死不屈的气节；秋瑾的《黄海舟中日人索句并见日俄战争地图》“拼将十万头颅血，须把乾坤力挽回”，表现了她决心唤起民众，誓与侵略者战斗到底的决心。还有描写战争风云，歌颂英勇的战士，对不同性质战争表示不同态度的，如《秦风·无衣》，反映了战士响应国家号召，慷慨激昂、同仇敌忾的气概。屈原的《国殇》赞扬了为国捐躯的战士。诗人们维护祖国统一，唐边塞诗人多在军中供职，诗多爱国之情。大量描写妇女生活的诗也多有社会政治内容，如《古诗为焦仲卿妻作》，表现了封建社会妇女命运之不幸，令人同情，也令人敬佩。有些抒怀感慨的诗，折射的是社会政治感受，如陈子昂的《登幽州台歌》：“前不见古人，后不见来者，念天地悠悠，独怆然而泪下。”诗中全然无景，只有时空沧桑和无限的人生感叹。一些羁旅思乡诗作，如屈原的《哀郢》，思乡与爱国的一体；咏史怀古，如阮籍的《咏怀》讽刺时政；左思的《咏史》、李白的《登金陵凤凰台》都是借古咏今，抒发对当时社会政治生活的感受。

就连描写爱情、亲情、友情的诗，也因为以社会政治为背景和灵魂而显得境界深沉。白居易的《长恨歌》在讽喻统治者荒淫误国的同时，以浪漫主义的创作方法，歌颂了生死不顾的坚贞之情。曹植的《七步诗》因对统治者骨肉相残的批判而境界深远。王勃的《送杜少府任蜀州》“海内存知己，天涯若比邻。无为在歧路，儿女共沾巾”，则把友情提高到新的艺术境界。王昌龄的《芙蓉楼送辛渐》“洛阳亲人如相问，一片冰心在玉壶”，表达了遭贬后仍满怀自信和乐观的情怀。

以上几类诗都无或少景物，却都有社会产生的情境，这情境充满人文关怀，艺术触角伸向更远的时空，而境界自然雄浑，让人想象、思索的空间和意义也就更大。这类诗占了古代诗词的大部分，仅当代编辑家夏传才先生主编的《中国古典诗词名篇分类鉴赏词典》收录的就有七百余首，而描写山水田园、风花雪月、鸟兽虫鱼之类自然诗才二百七十三首。这足以说明人类需要社会政治抒情诗，社会政治抒情诗是可以名传千古的。

近代社会政治抒情诗也有不少名篇。“五四”时期郭沫若的《女神》，表现了狂飙突起反帝反封建争取民主自由的时代精神及渴望新中国诞生的真情；艾青的《向太阳》、臧克家的《罪恶的黑手》也都表现了渴望民主自由之情。抗日战争时期，以田间的《假使我们不去打仗》、田汉的《义勇军进行曲》为代表的政治抒情诗，反映了中华民族反抗日寇侵略、英勇斗争的爱国精神。社会主义革命与建设时期，贺敬之的《放声歌唱》《雷锋之歌》、郭小川的《向困难进军》都是优秀的社会政治抒情诗，都充满革命激情，境界博大雄浑，昂扬着民族精神。毛泽东的诗词更是高格至境的社会政治抒情诗，集豪放阳刚美于大成，创造了新的崇高和谐美，不仅鼓舞了我国各族人民社会主义革命与建设的豪情壮志，而且强壮了当代诗魂，并推动了所有新文学和大文化沿社会主义方向发展。

新时期以来，新体诗人雷抒雁的《小草在歌唱》、熊召政的《举起森林般的手臂》等，都表现了正义战胜邪恶的时代精神。中华诗词学会和《中华诗词》联手推出的“迎港澳回归”“庆改革开放”“汶川抗震救灾”“北京奥运会”“新中国成立六十周年庆典”等诗词大赛的获奖作品，多是情境融合、境界高远、雄浑且令人精神振奋的好诗。

社会政治抒情诗和山水田园诗的两种境界并非水火不容、冰炭不可同室，因自然、社会同是人活动的舞台，都是境界的客观基础，不仅可以平行不违，而且可以你中有我、我中有你，交互生辉、相映成趣。如山间田园可建乡村公所，城市可建新村、绿地，使风光互补。自然界因社会文明风吹而显得纯洁，娇花小草劲挺腰身；社会政治诗因揉进自然景物而刚柔相济。陶渊明的《归田园居》写的虽是离开官场回归自然的欢愉，但因有对官场腐败和民间疾苦的感受，回归才自得其乐。李白的《把酒问月》如不是一生坎坷，看破官场污浊，何以选择月的意象，何有“青天有月来几时，我今行杯一问之。人攀明月不可得，同行却与人相随……今人不见古时月，今月曾经照古人，古人今人若流水，共看明月皆如此”？这种前不见古人，后不见来者的历史感，以及人生苦短，岁月无情亦有情，面对历史无可奈何的问月情境，正是来自社会的人生感受，如此才使全诗气运贯通、结构浑然、情理并茂，境界博大、高超、深远。罗隐的《雪》“尽道丰年瑞，丰年又若何？长安有贫者，为瑞不易多”不正是对晚唐暴赋重敛、民不聊生冷峻的讽刺，表达了对豪富的憎恶，表现了对贫者的同情，才表现出作者的情怀，而诗的境界冷峻深邃吗？

毛泽东 20 世纪 30 年代初写井冈山革命斗争的诗，其景都以革命斗争为背景，以社会政治为灵魂，如《忆秦娥·娄山关》：“西风烈，长空雁叫星月。霜晨月，马蹄声碎，喇叭声咽。雄关漫道真如铁，而今迈步从头越。从头越，苍山如海，残阳如血。”词的上片写晨景，渲染的是反围剿受挫的悲壮以及苍凉、沉重、激越的心情。下片写“雄关漫道……苍山如海，残如血”的晚景，峭拔、飘逸、凝重，其情豪放劲健，表现的是红军英勇顽强的斗争和乐观精神。其诗意蕴深沉，既情景交融，又情境融合，境界何其高远雄浑！

再以写生命体验的诗来说，王安石的“人生自古谁无死，留取丹心照汗青”，近代抗日名将吉鸿昌的“生不抗日死，留作今日羞。国破尚如此，我何惜此头”，不都是因为有了对社会黑暗、外敌入侵、国破家亡的感受，倾注了热爱正义、热爱祖国的豪情，诗的境界才都比杜牧“不是爱花即欲死，又恐花发老相催”的狭隘感受给人更强烈艺术的感染力，并提高了人的精神境界。

不顾实际，一味贬低社会政治抒情诗无意境是毫无道理的，只能反映其自身审美情趣的偏颇、境界的低下。

当然说社会政治抒情诗重要,并不是唯其独尊,也不是反过来贬低山水田园诗或其他诗,而是为了维护诗的多元格局、生态平衡。一花独放不是春,万紫千红春烂漫。诗的百花国永远需要异彩纷呈、多样化。但"化而不失本调"(明·胡应鳞)这个主色调就是时代精神,只有主旋律才可串起多样化的音符,并使之活跃而充满生机,整个诗美系统就会沿着主旋律与多样化统一,刚柔相济的美学轨道平衡协调发展,为构建和谐社会作出奉献。

社会政治抒情诗是我们这个时代的精神体现,也是时代美学境界的主要标志,擅写者为时代大手笔。

社会主义时代更需要社会政治抒情诗。这是因我们既面临和平发展机遇,又面临艰难挑战,需要社会政治抒情为振兴中华鼓舞士气。

写好社会政治抒情诗很不容易。既要作者有时代社会使命感与责任感,又要有较高的政治思想和艺术修养,即综合素质。实事求是地说,近年的一些社会政治抒情诗,尤其是节日颂歌,多概念化、公式化,或理胜于情,或思想大于形象,显得空泛肤浅,谈不上和谐美,自然也就谈不上艺术境界,更收不到应有的艺术效果。但不能因此否定社会政治抒情本身,如同当代山水田园诗多意象老化,意境泥古、雷同,同样不该否定它本身一样。重要的是,要明白"文贵变,神变、气变、境变"(清·刘大魁),要与时俱进,深入贴近时代社会人民群众的生活,深刻理解其精神,并学会用现代意象,以生动鲜活的语言描绘新的意境。更须知道,境界不是静止的,而描绘是动态的创造过程。艺不止境,要达目标,必须执著追求、勇于探索、锲而不舍。思想艺术水平高一些,境界高一层,为重振诗国雄风,为振兴中华、提高民族素质,有志之士应高标准、严要求,以创造出无愧于我们时代的光辉诗篇。

2009年9月于银川若园书屋

竹枝词应该突出乡土特色及其他

我写过多首新旧体诗,但写竹枝却是近两年的事。一次,在山西参加中华诗词学会学术研讨会,听了中华诗词学会顾问、北京诗词学会老会长段天顺同志关于竹枝词的系统发言。这之前,我虽读过刘禹锡等古人的竹枝词,但却没有系统地研究过。之后,又知道北京诗词学会和《北京诗苑》在提倡竹枝词创作,并且已经取得了丰硕成果。2008 年,我第一次试着写了一组反映塞上新农村生活的竹枝词,寄给段老,结果大部分在《北京诗苑》上刊发了,给了我极大的鼓舞。次年,为了纪念新中国成立六十周年和宁夏解放六十周年,我又写了一组旨在表现我国西部地区历史变化、生态建设成就等方面的竹枝词。虽在全国各地一些诗词刊物上发表了,加深了我写竹枝词的兴趣,但对后者,自己却不满意。据段老和郑伯农同志的论文《从竹枝词谈到诗体创新问题》,2010 年 5 月中旬又收到洪学仁、白钢先生合著的《北京生活竹枝词》一书,我读后又受启发,更明确了乡土味才是竹枝词应有的鲜明特色。

马克思主义哲学告诉我们:任何事物都是以个性存在的。个性是区别于其他事物的特色,不仅有着独特的形态,而且有着质的规定性。诗的体裁也是如此。

关于竹枝词,段老从四个方面概括了它在艺术表现形式上的特点:一是语言流畅,通俗易懂。“民间的口语,俗语皆可入诗,且极少用典,读起来朗朗上口,雅俗共赏。”二是格律较宽、束缚较少,它以民歌拗体为常体,以绝句为别体,和律诗、绝句是两码事。三是格调明快,诙谐风趣。四是广为纪事,以诗为史。郑伯农同志对此予以肯定,且进一步指出:“竹枝词与民俗民风的结合‘广为纪事,以诗存史’,一些不曾入史的国事、民事,社会轶闻,生活花朵,通过竹枝词这种风土味道很浓的诗歌进入艺术画廊,得以传之于世。”更从内容上指出竹枝词的个性特点,与段老的艺术形式上的四个优长结合,才构成了竹枝词内容与形式统一的和谐美风格。我完全同意他们的观点。需要补充的是,根据当前竹枝词创作中存在的民风民情不浓、记事过广、严肃有余、趣味不足的实际情况,我以为应特别强调竹枝词的乡土特色。

乡土是中华民族立足之地,百姓安身之处,也是现代化建设的坚实基础,文明的基石,民族情感的依托与归宿,具有深厚的文化蕴涵。史书上虽没有记载，我们也无法知道原创竹枝词是否与竹枝实体有直接关系，但可以肯定的是,与其生长的环境——乡土有关。竹枝因生于乡土,根深叶茂、挺拔青翠、自然鲜活,是诗人最易抒情的自然象征意象,而且易于使作者萌生诗的激情。这种味道越是土得掉渣、越浓,语言也越通俗易懂,也越有可读性、感染力,为中国老百姓所喜闻乐见。而离开乡土味,文人创作的竹枝词往往典雅有余、通俗不足,格律严谨、趣味平平,形式上也多混同于七言绝句。以我2009年创作的多首竹枝词而论,离开了乡土题材、抒情内容,与一般七绝无异,情趣大不如2008年初写的几首表现新农村生活的竹枝词。《北京生活竹枝词》能收作品,大都因保持了北京的乡土味而个性、特色鲜明。由此可见,竹枝词应是乡土中的翠竹,只有乡土气息才可异彩纷呈,富有自然的魅力。

当然竹枝词的内容也可以多样化,但不可失去乡土的本调。

针对近年来新旧体诗大量存在的洋化与老化倾向，提倡竹枝词更应该如郑伯农同志所说的着眼于“诗体创新”。我以为当代竹枝词还应该包括词的竹枝词,即唐街坊曲名词牌的竹枝词。词本是诗体的解放,歌的变奏。作为词的竹枝词只不过与作七言诗的语言节奏、平仄律不同而已。提倡它不仅可以丰富竹枝词的表现形式,使诗体多样化,而且可以自由抒情,多方面表现当代诗人对社会生活的复杂感受。诗和词两种形式的竹枝词又可相互影响，这是时代发展,也是诗歌自身建设的需要。

不论何种形式的竹枝词，都要与时俱进，吸收现代生活中有生命力的语言、群众口语、网络新创造的鲜活易懂的语言,以增强时代气息,广泛与读者交流。但不可追逐时尚,将一些似是而非、语法不通,也未约定俗成的洋话、黑话生硬地插进诗中。这样做,只会与读者产生隔阂。

2010年6月12日于银川若园书屋

当代诗歌需要理想精神、浪漫情怀

朋友相聚，谈起当代诗歌，在感到活跃的同时又觉得缺少了什么。是什么呢？作为诗编和第一读者，我觉得少了理想精神和浪漫情怀，即崇高审美内容和激情表达。这两者相辅相成，都是时代应有的积极艺术态度，也是新中国成立新体诗人如贺敬之、郭小川，旧体诗如毛泽东诗词等充分体现的精神。近三十年来，被物欲横流的浪潮冲击，被西方解构主义瓦解得支离破碎，其表现多为对现代化建设人民的丰功伟绩不感兴趣，热衷于生活中鸡毛蒜皮的繁琐描写和空洞说教，对现实牢骚太盛，对天灾人祸一味抚着伤痕哀叹，多在个人狭小生活圈子里患得患失。得则自鸣得意，孤芳自赏，失则顾影自怜，怨天尤人，其形孤单，其声与时代不符。精神如此，表达方式少了热情，少了“大江东西，浪淘尽千古风流人物”的气势。想象没有“举杯邀明月，对影成三人”“坐地日行八万里，巡天遥看一千河”“可上九天抚月，可下汪洋捉鳖”的豪迈。语言口水化，作品因之少了崇高的境界和感人的艺术魅力。

诗歌失去理想精神、浪漫情怀，是因为认识陷入了以下误区。

第一，把与现实与理想对立起来，视理想为假大空，混淆了理想与现实的辩证关系。现实是理想的土壤，理想是现实开出的花朵。审美理想比现实生活更集中，更高级，也更真实。理想不仅是人们实现自然生命价值的需要，而且是实现高层社会文明包括生活的需要。从根本上说，是人彻底解放，充分发挥潜能，活得有尊严的需要。

越是诗，越应有理想精神、浪漫情怀。它不仅能给人生活的信念勇气，而且给人力量、希望。当年郭小川的一曲《向国难进军》鼓舞了多少人为理想献身；贺敬之的《雷锋之歌》就是人性解放、社会主义理想之歌；毛泽东诗词更是鼓舞人们进行社会主义建设，实现理想的号角。

新时期以来，祖国改革开放、现代化建设，逐步走向繁荣富强，必将以文明姿态挺立于世界，这是实现政治理想与审美理想一体化的过程。对此，诗人应该义不容辞、责无旁贷、理直气壮又满怀信心地调动激情、想象、语言等一切艺术手段加以表现，大力发挥诗的审美功能，以崇高理想鼓舞人，以浪漫情怀关注人、感动人，把现实生活建设得更好。绝不能因回避“文化大革命”影响而放弃诗人的责任。

因“文化大革命”而回避理想是不应该的。“文化大革命”不仅歪曲了理想，而且破坏了现实正常生活，其诗风自然成了徒有豪言壮语的假大空。经过拨乱反正，我们的现实生活已恢复了常态，国家建设欣欣向荣，人民生活日益改善，奋发的精神远胜于历史上任何时期。这样的现实既是实现理想的结果，又为实现更高理想夯实了基础。离开它一味表现自我，其诗风自是假小空，与假大空形异实同。

文学表现理想可以浪漫地正面歌颂，也可以从反面对现实阴暗面揭露讽刺。批判现实阴暗面是为了扩大理想的光明面，本质上是对理想的追求。苏联诗人马亚柯夫斯基的《开会迷》，毛泽东的《满江红·和郭沫若同志》《卜算子·咏梅》《冬云》等诗词都是现实的，同时也闪烁着理想精神和浪漫情怀。实践证明，毛泽东提出的革命现实主义与革命浪漫主义相结合的创作方法是正确的。

第二，是把激情与滥情画上了等号。激情的动力来自理想。由理想产生的情感激越、昂扬、奔放，有摧枯拉朽、冲毁一切阻碍的力量，自能驱动想象上天入地、天马行空、纵横驰骋，捕捉意象（情感对应物），以大开大合的跃动方式组合，以闪光的语言描绘博大、雄浑的艺术境界，以感染读者，引起心灵共鸣。王国维说的“悄感者，不能术诸于实地，但可以求诸于想象”（《国学丛刊序》）就是这个道理。新潮诗论者把激情说成滥情，把直率豪迈抒情方式说成浅露，这是毫无道理的。被理想鼓舞的激情，是汹涌于真理河床的波涛，发射于枪膛炮筒的火力，因集中才能迅速射向明确的目标，绝不会泛滥成灾。情感的冷凝虽可令人回味，但过于冷凝，火种也会熄灭。而燃烧的情感则会发出有声有色的光焰，更会大气蒸腾、气象万千。在更多场合、更多情势下，对更多人群，更需要理想精神鼓舞和浪漫情怀关注。若国难当头、天降大灾，此时只有直率豪迈的抒情，才更能激起读者心灵的浪花，从而动员亿万群众战胜艰难险阻。绝不会如艾略特所说，直接抒情如雷鸣电闪，虽轰轰烈烈，但只有一时的效果，过后便被遗忘。这种说法只是形式主义的偏见，忽视了情感的强度和质量。《国际歌》和我国的国歌绝未因为直率豪迈抒情成为过眼云烟，而是永远回荡在国际劳动者和中华民族心中。

从哲学上讲，真实地表现了瞬间就有永恒价值。其根本原因是激越豪情是源于人对理想的追求，故能成为人民的心声、时代的强音。

第三，在诗的表现手法上把夸张与质朴对立起来。质朴是情感形态，夸张是表现理想精神和浪漫情怀的手法，其艺术效果必然强烈。如杜甫的《古柏行》，形容诸葛亮庙里古柏的高大这样写：“霜皮史溜四十周，黛色参天三千尺。”有人怀疑树有这么大吗？这是不了解诗有两种写法：一是形似之意，照形象描写；一是激昂之语，就是夸张。比方李白以“白发三千丈”写愁长，或民间形容人心眼小如针尖，李白“蜀道之难难于上青天”，毛泽东“天若有情天亦老”“小小环球，有几个苍蝇碰壁”，贺敬之的“生一万次都要生在祖国怀抱”“千回梦里回延安，双手搂定宝塔山”等诗句，都绝非真会成现实，实为“情至之语”。“情必显乎理，情得然后理至，情理交至，事尚不得耶？”（清·叶燮《原诗》）。

这种修辞手法的艺术概括，比起拘泥于毫发必细，所谓真实、质朴的绘形写真，不是更有趣味，更能传神，更能表现理想精神境界，更有感染力吗？

第四，最根本的是把自我与文学创作的个性等同起来。文学创作是个性化的，越是诗越是个性化。诗必须有我，王国维所说的“无我”之境，其实亦是有我，只不过这个“我”藏于境后，不着我字而已。诗中的我，有大小之分。小我为自我中心主义，只表现自我心灵秘密，不屑于表现国家民族命运、人民的丰功伟绩。如跃出江河的浪花，由于脱离集体共性，不仅境界狭小，而且如昙花一现，稍纵即逝。而大我表现的则是国家、民族、社会生活，如江海反映长空，气象万千，境界自是博大崇高，比现实更高，更有普遍性，也更真实，因而也就更富有审美理想。

“文随世变，文变染乎世情。”一个时代有一个时代的声音。当今是我国各族人民改天换地建设现代化文明强国的时代。高科技使我们神舟飞天，正在摘屈原《天问》中的问号；天路通车，海底钻油，把古老神话变为现实佳话。千家万户、普通百姓正以第三只眼睛——电脑观看和思考大千世界中人们创造的奇迹。这伟大的现实和理想都不是虚无缥缈的梦幻，也不是仅用“梦想”二字所能表现的。对此，现实诗人们不能听而不闻、视而不见，或只见脚背，只在象牙塔里做自我虚幻的梦，也不能只爬行于小农经济田埂上自我感叹，而是应该“站在地球之巅放号”（郭沫若），为理想“放声歌唱”（贺敬之），唱出中华民族崛起于世界的强音。

我们伟大时代需要理想精神和浪漫情怀，以重振诗国雄风和中华民族精神。为此，诗人们应该从梦中醒来，解放思想，走出误区，树立科学的诗歌理念，满怀激情，乐观、自信地歌唱理想。歌唱理想就是歌唱希望和未来。让理想鼓舞迎接建设道路上来自四面八方的挑战。由于现实为实现理想奠定了坚实基础，歌唱理想就不是高调，浪漫情怀也就不是虚狂姿态，而是实实在在对现实人生最积极的人文关怀。

基于此，诗人的根又必须扎入现实土壤，到建设中心与各行各业的建设者们同呼吸共命运，让火热的现实生活激发创作的激情和灵感，以“思接千载、视通万里”“吐纳珠玉之声，卷舒风云之色……神与物游”（南朝梁·刘勰《文心雕龙·神思》），在奔向理想境界的过程中，展现浪漫想象，以瑰丽语言描绘博大崇高、富有魅力的艺术境界，感染鼓舞人们为实现美好理想而奋斗。这是诗歌创作的高标准、严要求，也是当代诗人应当担负的历史使命和时代责任。

为此，还应继承和发扬我国诗歌史上屈原、李白、苏东坡等开辟的包括民歌、神话等一切积极向上的浪漫主义传统，努力写出无愧于我们时代的诗篇。理论家、评论家、编辑家应当以科学的发展观和艺术观特别关注对我国当代诗歌界具有理想精神和浪漫情怀诗人的创作，给予热情、客观、公正的评论，帮助总结经验，使诗的理想精神发扬光大。让浪漫情怀蔚然成为劲风，从而带动我国当代诗歌沿着刚柔相济的美学轨道健康发展，促使中华民族精神更加豪迈奋发。

2010 年 11 月 20 日于银川若园书屋

大边塞诗要有大境界

风格与流派是一个时代,包括诗歌在内的文学艺术成熟的标志。适时研究是文艺理论家义不容辞的职责。三十多年来,中华诗词从复苏走向复兴。诚如杨金亭先生在多种场合所说,是流派纷呈,其中当代边塞诗就是重要而活跃的一派。研究它不仅对繁荣创作,而且对提高诗的美学境界、民族素质,都有不可估量的作用。

关于当代边塞诗,笔者曾在1995年秋为在银川召开旨在研讨当代边塞诗的全国第八届中华诗词研讨会所写的主题论文中,有过粗浅论述。笔者指出,边塞诗有开放性、包容性、多样性特点。王亚平先生在2007年新疆生产建设兵团召开的边塞诗研讨会上,与时俱进地从美学角度提出大边塞诗的论点,并指出大边塞诗的审美特征是“新而美”。对此,我完全赞同。本文想借题发挥,谈谈大边塞诗的境界问题。

诗的境界是诗人通过艺术手段对时代社会生活概括所营造的艺术天地、美之殿堂,实为精神境界。大边塞诗应有大境界。

大边塞之“大”,不仅是地理概念,而且是动态时空概念。它地大物博,不仅占国土面积的三分之二,而且容纳着崇山峻岭、大江大河、大漠戈壁及大量天然气、石油、煤炭、地下矿藏,更是随着时代进步,政治、经济、文化等各项事业发展,与世界广泛交流,吸收世界文明新的内容。艺术上既有原来的传统经验,又有新的创造。诚如霍松林先生为拙编《中华当代边塞诗词精选》所作序言中所说:“昔日人们以往谈起边塞诗,便想到盛唐时代的高适、岑参、王维、王昌岭、李白、李欣、王之涣等许多杰出诗人。诗的范围是在逐渐扩张的,先有边塞诗,后来又增添了边塞词、边塞曲。就边塞诗而言,有《诗经》的四言到汉魏六朝以来的五言、七言、杂言、古风、近体诗等各种样式。‘五四’以来又增加了新诗。……我们今天讲的诗应该是广义的边塞诗歌,包括诗词曲各体。因为边塞诗的题材也在逐渐扩大、由写边疆战争扩展到边塞自然风光和社会生活。这些也在发生变化……”这个说法是符合文随世变、“文变染乎世情”（南朝梁·刘勰《文心雕龙·诗序》）艺术发展规律的。

大边塞诗实际起源于我国抗日战争和解放战争年代。那时要求用革命推翻压在中华民族身上的三座大山，各族人民当家做主。伟大领袖毛主席适应时代和革命需要，在领导中国人民革命的征途中，最早写了边塞诗，如《念奴娇·昆仑》《清平乐·六盘山》《沁园春·雪》。这些都是不同于历史上以往的边塞诗的大边塞诗。大在思想情感容量，大意象、大组合和阳刚豪放美。这种大境界、大美比以往的边塞诗人是最大创新。《念奴娇·昆仑》开头四个字“横空出世”便突兀峥嵘，把昆仑山赫赫气象和磅礴气势包举无遗，描绘出穿越时空的高大形象。“阅尽人间春色”以极大包容量包容了人世沧桑，昂首天外且俯瞰人间，时空多么阔大长久！写昆仑的千秋“功”“罪”是从国运民生方面着眼的。这是人民领袖才有的伟大思想情感、精神境界之表现。“安得倚天抽宝剑，把汝裁为三截，一截遗欧、一截赠美、一截还东国”，要让“太平世界、环球同此凉热”。宏伟气魄、广阔胸怀、豪迈愿望，正是“四海之内皆兄弟”，全世界无产者联合起来，让全人类都过上和平幸福生活的大形象表现，也是伟大革命领袖、伟大诗人伟大崇高理想、博大精神境界的表现。《六盘山·清平乐》表现的是“不到长城非好汉”中华民族彻底求解放的精神。《沁园春·雪》以雪兴起，赞美祖国的壮丽江山，评论祖国的历史，歌颂祖国的今天与未来，赞美风流英雄人物。这同样是超越古代边塞诗的大边塞诗之大美大境界。

新中国成立以后，四海支援宁夏、甘肃、内蒙古、新疆及其他边疆地区的开拓者和当地众多诗人创作了不少以屯垦戍边为主要内容的新边塞诗，其思想情感、想象空间也都进一步扩大了边塞诗的外延，充实了它的内涵。朱德、陈毅、董必武、林伯渠、叶剑英、郭沫若、邓拓也都写了大境界的边塞诗。著名新体诗人贺敬之的《西去列车的窗口》、郭小川的《西出阳关》、李季的《问昆仑》《石油诗抄》、田间的《天山诗抄》都展现了边塞的理想未来，同为大边塞诗的繁荣起了催化作用。

新时期以来，阳光打开了边塞锈锁的大门，改革和现代化建设的推土机推去历史的沟沟坎坎和积淀，开辟了脱贫致富的广阔前景。边塞疆域虽然未变，仍与内地有着区别，但跨越式发展却扩大了事业，也扩大了它的思维和精神空间。天路通车、大漠披绿、戈壁喷油、神舟探月、欧亚大桥贯通，农工商贸、文化与世界广泛交流，影响遍及海内外。这些都扩大了大边塞诗的内容，并为它的艺术搭建了广阔的平台，铺开了历史纸张，供诗人们挥毫书写。真实地描写大边塞的大内容，也就反映了伟大时代精神，从而也就展现了新边塞诗的大境界。

令人欣喜的是，边塞地区本土老诗人霍松林、钟家佐等，中年诗人王亚平、星汉、蔡淑平等，外地诗人刘征、杨金亭、欧阳鹤等，以及军旅诗人李文朝、赵京战等，也都写出过气势磅礴、境界宏大的边塞诗篇（以描写国防为主题的军旅诗本质上为边塞诗）。星汉获第三届华夏诗词奖的古风《车师古道行》一诗，典型体现了大边塞诗的大精神境界。《车行古道》无疑是历史时代进步的象征。时空不只脚下的汉唐，“直问天山”未来。“挑战天山”是何等豪迈气概！“年已六旬，不畏艰险，更唱冲霄歌。”这是何等博大的精神境界！作者的另一首词《满庭芳·贺新疆诗词学会成立》无疑是一篇大边塞诗的宣言。词的前两句，“黄鹄辞悲，岑参句老”写昔日边塞诗人，尽管有鸿鹄之志但终归已去，就连岑参这样的大诗人也力尽句老。如毛泽东诗所说：“俱往矣，数风流人物还看今朝。”今朝的当代边塞诗人之风流处在于“气冲霄汉，吟旗高举，唱向五洲”。这正是新时代头脑清醒、有历史使命感与时代责任感边塞诗人的大气魄。这样的大境界、大气魄非空洞的豪言壮语，而是以现实生活激情涌动的豪迈想象、时空交错大写意式的大意象组合、粗犷雄健的语言精细描绘的具有崇高和谐美的艺术场所，显示诗人的博大精神境界。类似这样的诗共同带动了大边塞诗的发展。

但实事求是地说，当今一些边塞诗人由于思想闭塞，虽身在边塞，却并没有承担起时代所赋予他应扮演的角色。他们对当代边塞地区的建设不感兴趣，一味沉湎于古代边塞诗的意境，使用陈旧的意象和语言，驾轻就熟于艺术惯性之道，如法炮制，少有时代气息，谈不上创新，充其量只是仿古赝品。究其原因，是把描写社会现实生活，尤其关系国运民生的重大题材视为官员政绩，描写它们是为官员政绩歌功颂德，“非艺术”“非审美”，这是陈旧的艺术审美观念。

大边塞诗当然要写重大题材。题材虽不能决定一切，但却有客观价值。如修路架桥、乡村通车通电、植树造林、生态建设、美化环境等，都不仅关系到边塞地区人民生存，而且关系到国家建设发展、全国人民利益，凝结着劳动者的智慧、力量、心血和汗水，是人民的丰功伟绩。只要神经正常的人谁都会动之以情。就算是政绩，有益于人民有什么不好？热情歌颂它自然合情合理、天经地义。反之则是诗人的精神失常和职责缺失。

大边塞诗的大境界不光容纳主旋律、大题材，也能容纳休闲、娱乐、时尚、花前月下的谈情说爱、鸟兽虫鱼观赏等多样化抒情内容，只要能反映边塞地区人民丰富生活、时代精神和诗人丰富的心灵世界，这些内容都可以写。但“化而不失本调”（明·胡应鳞），多样化不失时代精神主旋律，不离时代大背景，才是大边塞的大美大境界。当然，这类题材的描写不是唱高调，而必须是真实、具体、艺术的有血有肉的描写。

大边塞诗的题材（抒情内容）是这样，相应的体裁（抒情方式）也应如此。它要求诗人们充分调动一切艺术手段，八仙过海，各显神通。形式上除过惯常用的近体诗、律绝、词曲，更需要如王亚平先生在多种场合所提倡的《骚体》，即不受格式的严格束缚，能相对自由地表达思想情感，充分表现时代精神的古风歌行体。中华诗词学会举办的几届华夏诗词奖，一些获奖的描写西部地区生活的骚体作品，就有大境界、大容量，是大边塞诗的佼佼者。遗憾的是这样的作品不多。

大边塞诗更需要随着时代社会生活的内容扩大、充实，创造新的文体，充实原有的表现形式。"充实而光谐之大"，大边塞不仅有这个需要，而且也有这个可能。还要有大特色、大想象，有个性的大诗人，欣赏口味不同的广大读者。诗的境界反映诗人的境界。大边塞诗的大境界要求诗人有大视野、大目光、大胸怀、大境界，惟有如此，才能高瞻远瞩超越时空和自我，不为沙尘和巴掌山迷望眼，而是"思接千载、视通万里"，"神与物游"（《文心雕龙·神思》），展示未来。须知边塞是夸父逐日、嫦娥奔月等神话产生的地方，今天更是卫星上天、神舟探月，把神话变为现实的地方。落实国家"十二五"规划、西部大开发、建设中华大文化，更需要富有理想精神、浪漫情怀大境界的大边塞诗。这既是伟大时代的需要，又是大边塞建设的自身需要。

"它山之石可以攻玉。"为扩大、充实边塞诗的内容，丰富其表现形式，诗人除了要向传统边塞诗学习外，还要向边塞以外的诗派学习，借鉴有益的创作经验，如学习南国诗人的细腻、柔美。南国姑娘的爱会给北方汉子勇气和力量；江南的紫穗槐移栽塞上，会平添秀丽风光，与西部青松翠柏交相辉映、刚柔相济、和谐一体，正是大边塞诗的大美。在诗的体式上，也要学习新体边塞诗勇于探索、语言个性化的优点；学习民歌的直率豪迈、兼收并蓄，以人类文明丰富自身，并沿着个性轨道在高层次上发展。这正是大边塞诗大境界所必备的品格。墨守成规、泥古不化、目空一切、唯我独尊、小肚鸡肠绝不是大边塞诗人应有的精神境界。

创作大边塞诗，要求诗人有开放心态、包容胸怀与团结协作精神，边塞诗人应该团结起来，共同探索、相互切磋，完成历史使命，为当代诗歌美学建设作出应有的贡献。

2011年5月26日银川若园书屋

新体诗也要创新

我国社会进入了创新时代，不光经济科学技术需要创新，包括诗歌在内的一切文化艺术也需要创新。

诗贵创新。托尔斯泰说过："越是诗越要创新"。诗的创新不仅包括情感内容，而且包括相应的文体形式，是抒情内容与抒情方式相统一的和谐美要求。

提到诗体创新，人们总习惯地想到我国的旧体诗词。是的，具有了三千年悠久历史、以古汉语为基础的旧体诗词，尤其是讲究"篇有定句，句有定字，字有定声，韵有定位，律有对仗"。上述五个基本要素的五言、七言律诗，它们虽然有均齐美、节奏美、音乐美、对仗美、简洁美，成为美妙的情感表达形式，但也由于格律过严，易于束缚思想和情感的表达，难以适应当今时代的飞速发展，也不宜于满足广大人民群众的审美需求，为了适应时代，也当然需要突破创新。

中华诗词学会成立以来，即本着这一原则大力提倡、推动旧体诗词的创新，提倡宽遵格律，进行音韵改革，推广今声韵，并提倡自度词、自由曲、新古诗。这些努力都得到了全国诗词界的认同，从而促进了旧体诗词从复苏走向复兴，出现了生机盎然的局面，赢得了越来越多的人，尤其是青少年的关注与热爱。这种形势也是对新诗主体地位咄咄逼人的挑战。新体诗也必须创新。

有人说新体诗是"五四"时期针对旧体诗词产生的，本身就是诗体的创新，再提创新就是否定自身，就是复古。我以为这个说法既不符合哲学和美学原理，又不符合时代生活与艺术的辩证法，更经不起新诗创作实践的检验。唯物辩证法告诉我们，任何事物都有生命，既有质的规定性，又都在转变。新与旧是相对的，也非一成不变。抽象的新与旧既不存在，也毫无价值，科学发展才是衡量它的价值尺度。对于作为语言艺术的诗体，尤其是新体诗，也应如此。

一个时代有一个时代的诗歌，我国古人早就指出"体以代变"，每个时代对文体都有着不同要求。南朝梁人刘勰在《文心雕龙·时序》中指出："文变染乎世情，兴废（衰，引者注）系市时序。"他还在该书《定势》中说："情致导区，文变殊术，莫不因情而立体，即体成势。”又在该书《通变》中指出：“通变则久。”唐人皇浦湜在《论业》中则说：“文不百代，可以名变；体无常轨，言不常宗。”从古至今，不论中外，一部诗歌史，就是文体革新史。以我国传统诗词而论，从四言《诗经》到五言、七言唐诗，再到长短句不齐的宋词，更自由的元曲，以至当代的自由词曲，都是在不断适应时代的生活发展、情感需要而变化。“五四”时期产生的新体诗是适应了近代社会反帝反封建科学民主的发展要求、借鉴外来形式的产物。它是以现代汉语、白话文为基础的自由诗，比起传统旧体诗词，形式上确实自由潇洒、新鲜活泼，在畅抒人们的思想情感、传播时代讯息、建设新文化、提高现代人文素质等方面起过无可估量的作用。所以伟大领袖毛泽东才指出，中国诗的发展应以新诗为主。但同时他又很不满意新诗的现状，主要是过于自由散漫，严重背离了母语和广大群众的审美习惯。毛泽东在20世纪50年代批评的新体诗倾向至今仍有，甚至逾演欲烈，如同一个放荡不羁的浪子，违背母语的规范，追求绝对自由，个性无限张扬，不仅藐视传统诗词、民歌，而且日益扬弃了自己曾经创造的多样化的文体与风格。第五代先锋派诗人更否定一切，崇高情感连相适应的形式都被解构得支离破碎，既排除母语的语法、音节、韵律、结构、意境，又主张非逻辑，胡乱分行、任意断句，不合情理的词语乱加组合，晦涩难懂的陌生化，以致描写方法过于纤巧，行文散漫拖沓，名曰多样化，实为仿欧单一化。翻看当今新体诗刊物和一些新体诗选集，“五四”至新中国成立后，新体诗曾经出现过多种风格和文体，如激情如火山喷发的郭沫若体，冯至工稳的十四行体，讲究音步、轻灵隽永的卡志林体，格律整齐的闻一多体，思想闪光、情感浓郁激越的艾青体，精炼、整齐、大体押韵的臧克家体，何其芳的新格律体，闻捷的生活牧歌体，贺敬之、郭小川中国化了的适于抒发政治情感的楼梯体，田间的战鼓体，泥土喷香的李季、刘章民歌体，改革开放以来以公木为首的新格律探索几乎全都被拒之门外，时髦的牛仔体、口水体走俏于诗坛。这样的诗体虽然宜写一些人的生命体验、一鳞半爪的自然风光、几缕乡土气息，但却难以表现激动人心的社会生活和时代精神，难以满足广大人民多样化的审美需求，多为少数人孤芳自赏，还说什么诗歌就是小众化。可悲的是一些“理论家”还在盲目地推波助澜，在国家级诗刊上发表文章为之摇旗呐喊，说什么新诗就是绝对自由，愿咋写就咋写，任何时尚话语都可以入诗，没有形式就是新诗的形式（陈忠义发表在《诗刊》的文章）。

诗的形式不仅是情感内容的表现手段，而且是不同诗体的标志。试问不讲形式何以断定它是诗？一堆布料若不按人体剪裁何以成为合体衣服？世上难道真有没有内容的形式？没有相对稳定的形式，艺术何以成熟？读者又依据什么欣赏和评论它的新旧、好坏与美丑？这种违背文学常识又故作高深的论调，无实事求是之意，旨在哗众取宠，是对读者和诗歌艺术极不负责的态度，自然谈不上对创作的指导，只能误导青少年作者与读者。这也是近年来新体诗美学系统失衡、审美功能减弱、读者圈子越来越小、刊物难以维持生存的重要原因。

是时候了，新体诗只有与时俱进，勇于突破自身的局限、创新，才能发出生命新的光彩，争取更多读者。创新是时代发展的要求，也是新体诗自身建设的需要。

新体诗的创新首先必须从根本上突破西方艺术观念的束缚，树立民族化的理念。须知西方艺术观念是西方国土的产物，符合的是西方人的审美情趣。审美是个性化的，不同时代、不同民族有着不同需求，离开这个背景和条件，抽象的所谓普世审美价值是不存在的。诗是人类情感的表现，民族化永远是各国人民审美的坐标，也是世界文化交流的法宝。鲁迅说越是民族的越是世界的，这话一点也不错，也不是老生常谈，而是实践证明了的真理，因为只有民族化才是世界艺术花园的独特贡献。离开民族化一味空谈与世界接轨是没有自尊自信的表现，外国人看不起，中国人看不懂也不愿看。所以新体诗人必须清醒，回归理性，即回归到中华母语的怀抱，让母语规范自己的行为。这不是复旧，而是新体的自我完善，是从无序走向有序的重新组合；是在高层次上的科学发展，建设一种适应我国现代社会生活，能充分表现中华民族精神，能满足中国广大人民审美需求的主要形式，也即贺敬之在20世纪80年代初所说形式的主旋律。

多年来人们只强调形式多样化，而忽视主旋律，其实这两者并不矛盾。明朝胡应麟读到诗的多样化时说“化而不失本调”。这个本调就是生活中满园春色的主色调。客观世界虽然万象纷呈、千差万别，但却有主次之分，如春日红绿相间，夏秋成熟辉煌，冬季清澈的纯净。主色调是生活美的主要特征，也最能反映生活的本质，为大多数人所喜闻乐见，在世界文化交流中又最能满足外国人求新求奇的审美需求，是对世界艺术园地独具姿态的奉献，如自然界花卉中国色天香的牡丹，诗中的唐诗、宋词、元曲，戏剧中的京剧，绘画中的水墨丹青，强身健体的武术、太极拳等。它们集中表现了中华民族精神、智慧和才能。它们也是串起我国文艺多样化珍珠的彩线。由于它的串联，多样的彩珠才交相辉映，共同构成诗的和谐美系统，否则，断线的珠子都会被尘封土盖失去光彩。

具体地说，我们需要创造的新体诗的主要形式的总特征就是当年鲁迅讲过，后被臧克家多次强调过的“精炼、整齐、大体押韵，押大致相近的韵”，也即何其芳在20世纪50年代所倡导的现代格律诗。它们都是母语的规范化，要求句有一定音步（节奏、顿数），篇有一定节数，节有一定行数，结尾为双音节词，押大致相近的韵。例如民国年胡适的《如梦令》《平民学校校歌》，郭沫若的《天狗》《天上的市街》《炉中煤——眷念祖国的情绪》，冰心的《繁星》，闻一多的《死水》，徐志摩的《再别康桥》，冯志的《中国行》，艾青的《煤的对话》，贺敬之的《回延安》《桂林山水》，郭小川的《向困难进军》；新中国成立以后闻捷的《天山牧歌》，李季的《王贵与李香香》，五六十年代普通流行的一首诗二十四至三十行，每行四至六顿（叙事诗可以延长节数）。它们都吸收了我国民歌和古典诗词的优长，起、承、转、合结构完整，抒情从容不迫，不易引起审美疲劳，只能是审美愉悦。押韵则使诗区别于散文。从创作上讲，因音押而使思想情感集中不致失控如脱缰野马、泛滥江河。从读者来讲，可以领略诗的音乐美，读来朗朗上口，易诵易记，易于流传。

有人只强调新体诗的内在韵律，完全否定外部韵脚，这是不可取的。诗讲内在韵律，这是必要的，但这是散文诗和一切美文共同的要求，作为诗应该有更高的要求让内在韵律与外部韵律结合，和谐统一，岂不更美？“作诗不押韵，等于瞎胡混。”群众的这种说法是有道理的。诗是语言艺术，艺术地表现母语音乐美正是诗的特殊功能。这样的格律因符合现代汉语而易于今人掌握，又为艺术树立了标杆，写起来虽有一定难度，却显示出诗歌语言的艺术魅力，从而区别于口水诗，也区别与散文。

必须说明的是，提倡现代格律不等于要新体诗格律化。格律化是彻头彻尾、彻里彻外囿于格律。这样必然从根本上限制或扼杀了新体诗自由的创造个性，形象地说等于让女孩缠足，让脚都带上镣铐，一切行为都循规蹈矩，没有一点自由活动的余地。这才是不符合中华母语发展本性的复古。其实，就是古体格律诗，也没有格律化，只不过在字行、平仄、对仗、音韵方面有特殊要求。即便如此，又有变通处理方法，如今又提倡宽从格律，新体诗又何以格律化？

提倡现代格律诗，并不与多样化对立，就是旧体格律诗也并非如此，如唐诗、宋词、元曲形成后也没有否定其他形式，各体仍可长期共存。今日更不会定于一宗，排斥他法，只要符合现代汉语规范的诗体都可存在，提倡格律只是强调了中华母语的民族特色。这种特色可使新体诗灵魂强健、枝杆劲挺、姿态俏丽，都为中国人民所喜闻乐见。

旁观者清、当局者迷。诗体创新不是诗人个人的事，既然是写给广大群众看的，就该讲究艺术民主，倾听广大群众的呼声，兼听则明。那种置群众批评于不顾，视群众不懂新诗或不看新诗（韩作荣 2010 年发表在《文艺报》的文章），我行我素的态度是傲慢的，也是无理的。据我所知，多年来批评新体诗的不仅有群众，而且有诗人。难道他们都不懂，如果连有文化的人都不懂，不正好证明新体诗存在问题？如果你的诗写出了时代精神，人民普遍感受，有艺术魅力，自然吸引读者，读者何以不关心？那种“只表现自己心灵秘密，不屑于表现以外的丰功伟绩”是自绝于人民，不需要人民的关心，人民自然也不会关心。

另外，各级新体诗组织、编辑出版部门应该大力支持、鼓励诗人创新，诗评家应对老中青三代新体诗人的创新作品加以评论、推介。要推出不同文体的大家。一个没有大家的诗体是不成熟的。

新体诗的突破创新，考验着诗人、诗歌理论家的使命感、责任感，自以为是、故步自封、抱残守缺是没有前途的。

2011年7月25日于银川

“诗穷而后工”新解

“诗穷而后工”是历史上我国诗坛流行的一句老话，意思是说“诗人少达而多穷”，写诗“不独穷人亦瘦人”（宋·陆游《对镜》），生存“困折屈郁”（明·方孝孺）。正如当代诗歌评论家丁国成同志所说的：“在封建社会里，诗人在政治上失意，壮志难酬，或遭贬官，或被放逐，受到不公正的压抑打击，因而发出怒号，再加上他们在贬逐之后便有可能接近下层人民，洞察社会黑暗，反映群众呼声，从而写出优秀作品。”但也正如国成同志所说的，这种文学现象在当代倒不成问题，诗人只要愿意，可以随时深入生活，贴近人民，可以任意歌颂革命或暴露黑暗，不受政治干扰，享受创作自由。因此，“诗穷而后工”，作为规律性现象，从基本意义来说，在当代已不存在（《自古诗人少显荣》）。但这不是说“诗穷而后工”再无意义，而是应作另解，即这个原本作为状语形容身心困窘穷苦之词，一般不可再用，但可用《辞海》第二意，“极”“尽”，即寻求到尽头。这样的“穷而后工”，无论在任何时代、社会，对任何诗人来说，都有着普遍积极意义。

正如陆游所说：“汝果要写诗，功夫在诗外。”这个“诗外功”是生活知识和文化积累。清人何绍基说过：“凡做一事，必须做别事，此一事方得好。未作、诗则不能工也。”（《与汪菊士谈诗》）这个别事都是诗料。马克思主义观认为包括诗歌在内的文学，都是一定社会生活能动的审美反映。诗则是心灵世界、情感历程的反映。客观世界的事物错综复杂、千变万化，新的事物总在层出不穷，人们情感也具有多样性。诗歌欲真实地反映，就必须深刻了解、仔细观察世界，体验、感受现实中人们的情感。古人说：“纸上得来终非浅，需知此事必躬行。”“躬行”就是实践，实践出真知。“客观之诗人，不可不多问世，问世之深，则材料越丰富。”（王国维《人间词话》）王国维还说：“诗人对宇宙人生，须入乎其内，又需出乎其外，入乎其内故能学之；出乎其外，故能观之，入乎其内，笔有生气，出乎其外，故有高致。”（同上）“入乎其内，出乎其外”是认识与实践的艺术表现过程。在这个过程中，诗人身之所历、目之所见，才能“师罗万象”，丰富“眼学”。为此诗人还要像孔夫子所说的，要多识花草树木、鸟兽虫鱼之名，还要“行万里路，读万卷书”，“揽尽奇峰打草稿”，“观千剑而后识器，操千曲而后晓音”。“洞察世事、练达人情”，正是“世事洞明皆学问，人情练达俱文章”。“世事”即世界发生的关乎国计民生之事，“人情”即现实中人们的喜怒哀乐、忧与患。诗人必须洞察、深入了解、感受，才能引起共鸣，才能“言志抒情”，发而如诗。

除了这些诗外功夫外，诗人还应该穷尽“诗内功夫”，即苦读诗书。俗话说，“熟读唐诗三百首，不会作诗也会吟”。如果说这是对普通诗歌爱好者的要求，那么对职业诗人，就不光是熟读唐诗三百首了，而是要读更多的古代的《诗经》《楚辞》、唐诗、宋词、元曲，读近当代的诗词、新诗，不仅是一家，更要读不同风格流派的作品以及外国的诗书，正如“读书破万卷，下笔如有神”。这是因为有比较才有鉴别，有鉴别才易吸收，才能积理厚、取法众，博学则积学，会提高学养，艺高则胆大，更勇于创新。

在具体创作过程中，诗人还要学习诗的立意、取象、构思、布局、修辞等诗艺。只有穷尽一切功夫，才可达到情感内容与表现形式的和谐美，创作出精品力作。

当前由于商潮涌动、物欲横流、充满诱惑，社会日益复杂，人心过于浮躁，加上网上阅读、电脑写作代替了纸质阅读和书写，人们易懒惰，精神易滑坡，诗人更需要苦学苦吟，使精神富有，坚守文明家园而信念不移，才能写出无愧于时代的作品。

“诗穷而后工”是当代诗人应有的担当，也是随着社会发展推出大诗人和史诗的要求。诗人们应该牢记使命与责任，并乐此不疲。

2011 年 9 月 15 日

农村题材诗词创作及有关问题

党的十七届六中全会做出建设具有中国特色社会主义文化的决定，强调文化事业要体现社会主义核心价值体系，这为包括当代诗词在内的文化事业指明了方向。本文就当代农村题材诗词如何体现社会主义核心价值浅谈自己的浅见。

我国历来都是农业大国。农业是国民经济的基础，是强国富民的根本。农村题材的文学创作在我国文学史中占有重要地位，也具有广大读者，对体现社会主义核心价值体系十分重要。作为言志抒情的当代诗词，也同样要体现社会主义核心价值体系，才能求得发展繁荣。

当代农村题材诗词如何体现社会主义核心价值体系，我以为有两点。

第一，要与时俱进，抓住机遇，在继承优良传统的基础上勇于改革创新。

农村题材包括描写农民、农业的“三农”诗，又称“乡土”诗、田园诗，在我国有着悠久历史，是古代儿童的启蒙读物。《千家诗》中有不少是田园诗。《诗经》《乐府》、唐诗宋词元曲也都收有大量农村题材的作品。历代著名诗人也大都写过农村题材的诗词，只不过主题不同，表现方式各异罢了。

我国吟田园风光和农村生活的诗起源于东晋。陶渊明为第一人。他的代表作是《旧田园居》，表现了躬耕田园的生活，劳动的愉快心情；唐朝孟浩然的《过故人庄》，王维的《渭川田家》都描绘了农村的淳朴风光，作者对农村生活的热爱。储光羲及中唐诗人顾况、司空曙、王健都是田园诗的高手，现实主义诗人白居易的《卖炭翁》《观刈麦》，杜甫的“三吏三别”，以及民歌“春耕一粒粟，秋收万颗籽。四海无闲田，农夫犹饿死”，表现的是封建制度带给农民的灾难。“锄禾日当午，汗滴禾下土。谁知盘中餐，粒粒皆辛苦”等表现了怜农、惜农的悲悯情怀。宋代的孙光实、苏轼、辛弃疾、秦观、王安石、孔平仲、王庭桂、曾几也都是高手。南宋四大诗人之一的范成大咏田园风光的小诗《四时田园杂兴》绝句六十首，充满诗情画意，诗人在歌颂农民的辛勤劳动使大地花开织锦，欣赏他们的淳朴品质，而且如实地写出了农民的悲欢疾苦。杨万里的田园小诗生动、清新，充满生活气息。陆游的名作《游山西村》“山重水复疑无路，柳暗花明又一寸”表现农村的欣欣向荣景象，赞扬民风淳朴，写景中富含哲理。元代萨都剌的《上京即事》和明代高启的《牧牛图》都写放牧生活，分别写草原和放牧的景象，主要表现田园风光、乡风民俗，劳动的愉快。可以说，具有三千年历史，产生于农业基础上的诗歌史，本质上是农业文明史；一部以情景交融和谐为境界的诗歌理论，本质上是人与自然和谐相处的理论。历代农村题材的诗歌在陶冶人民热爱自然、家园、祖国，勤劳、俭朴风尚和情操方面起了无可替代的作用。它们是传统诗词中的明珠，世界诗歌百花园中独具姿态的奇葩，有着特殊认识和审美价值。

但不可否认的是，由于它是在封建社会小农经济和古汉语基础上形成的，难免受其意识形态的影响，内容上有封建糟粕，形式上格律过严，不易向广大人民普及，影响了发展。

新中国成立，尤其是进入改革开放、社会主义现代化建设新时期以来，农业占据国民经济基础的重要地位。中央每年的一号红头文件都关于三农问题，为农村发展指明了方向，也为当代农村题材的诗词开辟了广阔前景。随着我国农村由小农经济向社会主义大农业转型，农民从生产方式到生活方式以及思维方式、精神面貌都发生了深刻变化。为此，当代诗词要反映它就必须与时俱进，内容上要“剔除封建性糟粕，汲取社会主义民主性精华”，形式上要适应时代要求，勇于改革创新。

新时期以来，由于中华诗词学会的推动，当代诗词继承优良传统，积极反映农村生活。不少刊物还开设了“农村新吟”“田园新歌”等专栏。农村题材的诗词如雨后春笋蓬勃发展。中华诗词学会和山西省诗词学会还连续几年联合开展了新田园诗竞赛，两年一届的“华夏杯诗词大赛”每期都有农村题材的诗词获奖。一些诗词学会还多次组织诗人到农村采风。所有这些活动都不断推出新人新作，对促进农业现代化、农村建设、提高农民素质、满足农民精神文化需要起了积极作用。

但不可否认的是，由于原有创作队伍老化，艺术观念相对守旧，不适应农村发展新的形势，加上物质生活条件改善，作者乐在书斋颐养天年，很少深入农村体验感受新生活，所写的农村多凭旧的记忆。一些青年作者受西方现代派文艺思潮的影响，价值观和艺术观错位，既忘记了传统，忘记了自己应有的历史使命和时代责任，或视农村题材土、俗、不雅，不屑表现，偶尔表现也只为猎奇。

这样，描写农村题材的诗词总体上说不仅量少，而且质差，普遍存在的问题是感受肤浅，意象、语言陈旧，摆脱不了古代田园诗的意境，缺乏时代精神和新生活气息。有的只简单作新旧社会、新旧时期对比，或在政策措施层面上描写，抒情方式大都比较直白浅露，这里面就包括笔者。

笔者年过古稀，生于农村，长于农村，经历过新旧社会两重天，上大学后，在城市工作直到退休。虽住进高楼书斋，远离了农村，但记忆的情丝不断，多年来，仍坚持业余农村题材的创作，但终因远离农村生活，所写多凭旧的记忆、回乡见闻或报纸杂志二手资料。作品也就难免肤浅。

第二，必须树立正确的艺术观与价值观，要从理论上解决雅、俗、土，大众化与小众化的关系问题。

自古以来，诗就有典雅、通俗两种艺术风格。两者只有艺术特点、功能的差异，艺术价值没有高低之分。典雅比较含蓄，如吃橄榄，耐人回味；通俗如喝开水，直接给人解渴；典雅宜闲适时观赏，通俗在劳动节奏紧张时亦可品味；典雅是通幽曲径，通俗是直接通向大众心灵的便道。当代中国仍是以农村人口为主体的国家，由于广大农民文化相对较低，诗词为他们服务就要用相对通俗的抒情方式。

通俗非为粗俗、浅俗，更非庸俗、鄙俗，而是通畅明白、易懂易诵易记、言近旨远、亲切感人，为人民群众所接受，易于引起心灵的共鸣。通俗语言自然、传神，以俗出雅，与绮丽相对，古人早就说："绮丽之风，君子耻辱矣……""典而不得遗，作诗贵平淡，质朴见情真，情真则动人。"若徒有富丽，则味同嚼蜡，必空泛、枯燥。

"浅中有深，平中有奇，词显而意微"，于单纯中寓丰满，平易中寓深刻，同"雅"一样亦是精神境界。我国民歌总的特色正是"情深而文明"。文明不是文晦，是通俗易懂，雅俗共赏、两者结合才能使大气化神功，充分发挥艺术的功能。典雅和通俗两者都是美的，美在和谐互补、交相辉映。

通俗的东西是有些土味，但土非贬义，这正是乡村诗词的艺术特色，土味芬芳、正派、朴素是防腐的高效良药。越是土得掉渣，越有艺术魅力，越被农民喜爱。对任何民族来说，土都是国色。嫌弃土是艺术趣味的褊狭。

雅俗共赏是不同诗人口味的需要。诗人因生活体验、感受、爱好不同，对雅俗侧重不同，如古人所说"比如江南诸君造酒，虽原料一样，却因做手不同二常常各有甄别"。这也说明审美的多样性。雅俗共赏还构成了诗美系统的平衡和谐，既是美的存在状态，又显示了美的发展趋势。

从历史上看，民歌是中华诗歌之祖。我国最早的诗歌集《诗经》就是民歌的集成。"风""雅"就是当时流行的歌曲。"风"是流行于各国诸侯的民歌；"雅"是流行于京都的雅乐。刘勰在《文心雕龙》中说："诗总六艺风冠其首。"实质上是指出了通俗的重要性。

我国的诗歌史就是一部雅俗共赏、互动互荣的历史。《诗经》简单的四言体，在当时并不典雅。通俗的民歌，但却影响了屈原的《离骚》。典雅的《楚辞》中又深刻地体现着《诗经》质朴的精神。汉魏《乐府》是通俗的民歌，不是与典雅的汉赋同时并存吗？唐宋时代，有高雅的诗词，不也有《新乐府》通俗的民歌吗？唐有李白、杜甫等高雅诗人，也有白居易“妇孺皆知”的通俗诗人。李白写了大量典雅诗，不是也有“床前明月光，疑是地上霜。举头望明月，低头思故乡”这类通俗的诗吗？白居易有典雅的《长恨歌》《琵琶行》，不是也有《秦中吟》这样通俗的诗吗？当代的毛泽东同志典雅的诗词中不是也有大量随兴而发的通俗语吗？古人还说做书面语易、口头语难。钱钟书在《谈艺录·卷九》中说：“世有口头俗语，皆出名家之集中。”他还指出女真莫兰的诗“欲求无价宝，难得有情郎”(《寄邻女》)，唐人罗隐的诗“今朝有酒今朝醉，明日无酒明日愁”。毛泽东的诗“世上无难事，只要肯登攀”“军民团结如一家，试看天下谁人敌”，这般易唱、易记、易流行的千古的名句比比皆是、举不胜举，无不是人民大众喜爱的精神食粮。古人尚不排斥通俗，今人何以不如古人开明？

雅俗共赏应是一个诗人的追求，也应是整个时代诗歌美学的追求。农村题材的诗更应该成为雅俗共赏的典范。

与此相关的是大众化问题。有种意见认为诗歌古来都是小众化的，这种观点是站不住脚的。诗是言志抒情的艺术，诗人为什么言志抒情？向谁言志抒情？难道不是向人民大众广求知音、引起共鸣吗？知音多、共鸣广，难道不正是诗人追求的理想？诗是智慧与情感的种子，只有广为播种，才可遍地开花、结果。大众化是为大多数人服务，为大多数人所接受，任何时代、任何社会都需要，也永远是诗的生命价值所在。因为大众化易向大众普及，普及是提高的基础。白居易的诗之所以妇孺皆知，就是因为写得通俗，大众易懂。小众化是孤芳自赏、顾影自怜，是诗人的不幸与悲哀。

第三，明白了这些道理，作者必须树立信心，走出书斋、深院，走向农村基层，走向现代化建设的第一线，了解农民，熟悉农民新的思想感受、丰富的情感内心世界。既要写出农村巨变，农民奔小康的喜悦，又要写出创业艰难，忧患与乐观、自信，更要写出农村新生事物、农民新的精神风貌。

第四，必须树立精品意识。农村题材虽然重要，但题材只提供了客观可能性，只有深挖主题，才能深刻表现时代精神与健康向上的优美情趣。浅尝辄止是打不出深井，也种不出高产庄稼的。农民是我们的衣食父母，我们献给他们的应该是优质精神食粮。内容要优质，诗艺要精湛，两者要和谐美。农民喜欢大众化、通俗化的乡土诗，也能接受雅俗共赏的诗词。这是因为几千年来传统诗词的影响，已使他们形成了相似的心理结构和审美情趣。而且随着农村现代化建设与教育的普及，图书室、文化馆增多，农民文化程度提高，对诗词的需要更为迫切。

作为语言艺术的诗词，其诗艺主要在于语言选用与锤炼。农村题材的诗词剔除陈言，应多用农民熟悉的家常语、口头语。

当代诗词需要农村，农村也需要当代诗词。写好农村题材诗词，关系着有中国特色社会主义诗歌美学的建设，对提高农民素质，增强综合国力关系重大。当代诗人应以历史使命感、时代责任感从事农村题材诗词创作。各级诗词组织、刊物应重视培养青年作者，尤其是农村作者，加大对他们的扶持力度，及时总结经验。在这方面，《诗刊》社做得很好。农村题材诗词得到发展之日，将是我国当代诗词繁荣之时。

2012年5月18日于病中

后记

张嵩

受宁夏文学艺术院杨梓、梦也二位先生的委托，让我来编辑秦克温老师的诗文集，深感荣幸。秦克温老师的诗文集将纳入《塞上文艺名家书系》出版，这既是对秦老师从事文学创作所取得突出成就的充分肯定，又是我们作为学生晚辈期盼已久的一件喜庆之事。

从 1951 年在《宁夏日报》副刊“宁夏川”发表处女作至 2014 年 3 月因病去世，秦老师从事文学创作六十余年，勤勉一生，笔耕不辍。他先后在《诗刊》《词刊》《中华诗词》《人民日报》《光明日报》《延河》《朔方》等海内外百余家报刊发表诗作两千余首，评论、小说、散文、杂文等两百余万字，出版新诗集《秦克温抒情诗选》《飘香的黄土》《爬格者的情思》《黄河浪花》等五部，旧体诗集《朔方吟草》《塞上新咏》《攀登兰山》等四部，评论集《秦克温文学评论集》《诗的理论与批评》《诗论新篇》三部，长篇小说《梅花开了杏花红》《一把手与千手观音》两部，散文集《诗余记事》等；主编《当代诗人咏宁夏》《重振边塞诗风》《中华当代边塞诗词精选》《中国西部开发诗词大典》《当代中华诗词文库·宁夏卷》等近二十种。作品曾获全国第三届诗歌节奖、艾青杯诗歌奖、中国当代诗词精品奖、全国旅游诗词大赛奖、首届国学创新优秀成果奖、首届中华诗词大赛奖、《中国作家》世纪论坛文学评奖小说一等奖（长篇小说《梅花开了杏花红》）等各种奖项三十多种。作品入选海内外百余种诗词选、新诗选、文论集等。

秦克温老师生前长期担任宁夏诗词学会会长、宁夏毛泽东诗词研究会会长及宁夏诗词学会会刊《夏风》主编等职务，是宁夏新时期诗词创作的领军人物，不论是开拓铺路、培养新人，还是内外联系、研讨讲学，他都为之付出了巨大努力、作出了巨大贡献，可以说，他为宁夏诗词事业的繁荣和发展奠定了坚实基础，同时也开辟了一片全新的领地。他在宁夏诗词界享有很高的声誉，在中华诗词领域也有着广泛的影响。

秦老师一生著述颇丰，涉及文学的多个领域，尤其在新诗、旧体诗词和文学评论方面作出独特贡献。青少年时代，他即以饱满的热情投身于新中国文艺事业，以新诗起步，在塞上诗坛耕耘半个多世纪。他坚持民族化的创作风格，植根于深厚的黄土地并从中汲取养分，使他的作品充满激情与思索，始终散发着浓郁的乡土气息，这与他长期立足现实生活、关注时代发展、倾情国计民生有着紧密的关系。20 世纪 80 年代后期，他又开始注重优秀传统文化的继承与弘扬，把精力用在旧体诗词的创作与实践活动上，参与倡导成立宁夏诗词学会，并逐渐成为中坚人物，扛起了宁夏诗词发展、繁荣的大旗。他身体力行，既带头深入民间采风，进行创作，又积极开展诗教活动，普及诗词知识，发现培养人才，做了大量卓有成效的工作，令人敬仰。他的诗词创作继承了前人边塞诗的风格，高亢激昂、气势豪迈，但又不囿于旧有的模式，敢于推陈出新，融入新的时代激情，一扫苦瘠、荒凉、冷漠的色调，赋予作品开拓、进取、奋斗的精神，读之使人振奋。他的文学评论也多以诗歌为主，在坚持马克思主义文艺观的基础上，讨论问题，开展批评，宣传先进的文学理论。尤其在诗词评论方面，撰写了大量文章，提出了“新边塞诗”的命题，得到了国内诗词界的肯定，提高了宁夏诗词的创作水平。从他开始，使宁夏的诗词影响力逐步走向全国。

秦克温老师的文学成就有目共睹，真正赢得了“生前死后名”，要从他留下的煌煌数百万言中选取少部分作品编成一本诗文集，难度很大，我作为后学，既有责任又有压力。在新诗中只选取了三十余首作品，时间跨度三十余年，基本上能反映秦老师新诗创作的轨迹和一贯风格，用他的话说，就是：“受革命诗歌影响，学写新体诗，借以反映新中国建设，表达对新生活的感受，这也是我自觉肩负的使命和责任。”（秦中吟《黄河浪花》，作家出版社，2009年6月）。秦老师的旧体诗词创作数量较大，成就和影响也大，作品题材广泛、体裁多样、内容丰富，而尤以七言见长。在选编时重点选录了七绝、七律作品，但也兼顾了五言、词曲、古风等作品，尽量使读者能窥其全貌。评论则以21世纪的写作为主，重点放在诗词评论方面，这些评论作品凝聚了秦老师的智慧和心血，真知灼见、情理合一、充满哲思，仔细阅读品味，使人颇受教益。秦老师是新旧体诗的创作实践者、倡导者，在诗歌理论方面作了诸多贡献。他呼吁振兴当代诗词，大力实践新边塞诗的创作，但并不排斥新诗。他提倡当代诗词要“向新诗借鉴、学习”。他认为传统诗词“格律过于严格，意象符号及语言外壳的老化，不利于表现现代生活和人们日益丰富的思想感情”，必须“根据现代社会生活的要求和现代汉语的特点，建设当代诗词”，即“使传统诗词现代化”等。他的这些论述不仅精辟而且精当，为我们留下了宝贵的精神财富，很值得我们每一位词创作者学习、思考。

秦克温老师生性耿介、为人直爽，诗如其人、文如其人，但愿我们能从他留下的诗文中得到一些启迪。我想，这或许就是对他最好的怀念了。

限于学识水平，编选的诗文难免以偏概全，敬请秦老师的亲友和读者朋友批评指正。

2020年6月1日